宗祇画像（架蔵）
月の秋花のはるたつあしたかな、法眼玄陳、重信筆、応仁二年正月一日「何人百韻」発句。

連歌師という旅人

宗祇越後府中への旅

廣木一人 著

三弥井書店

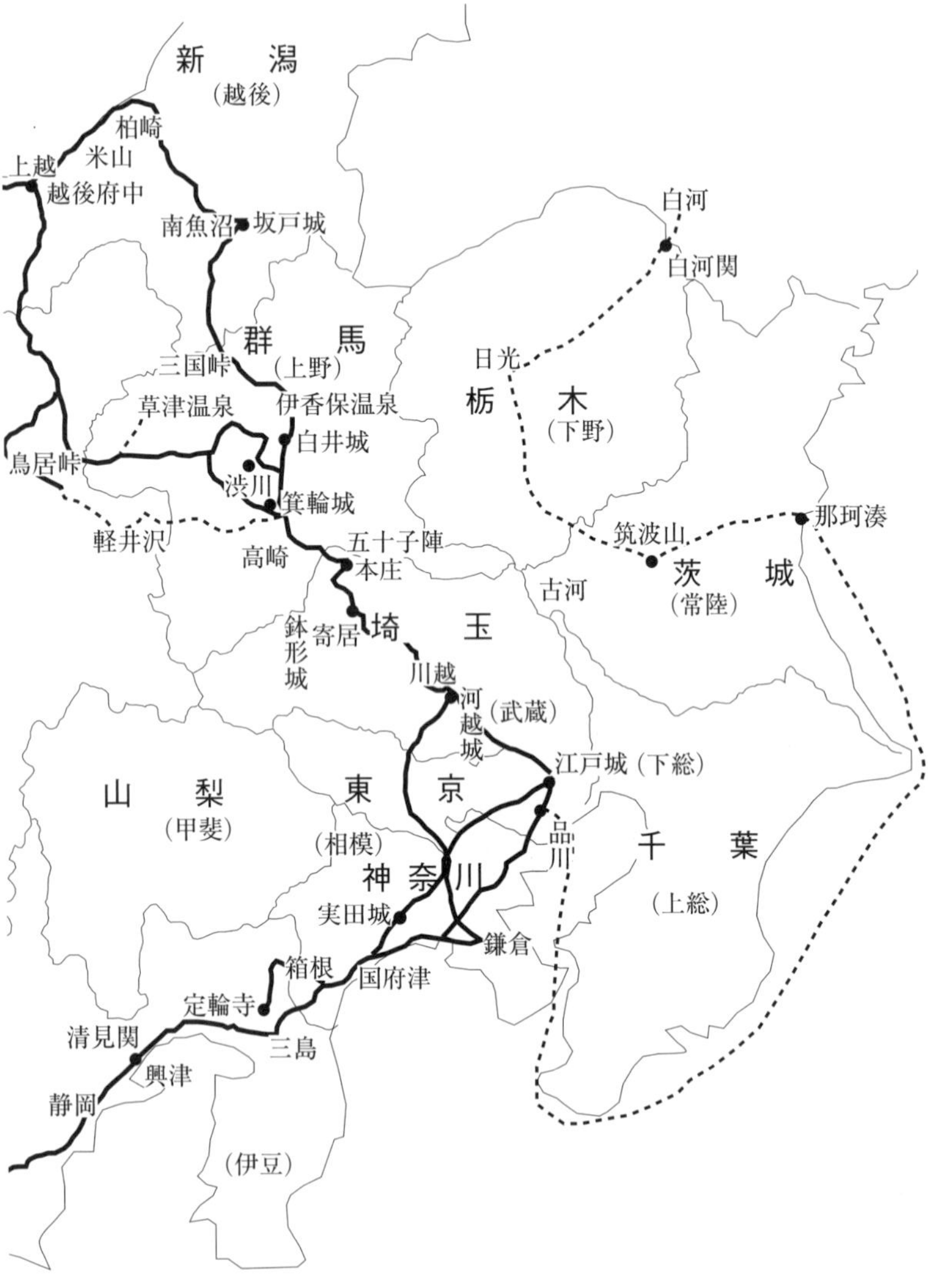
新　潟
（越後）
柏崎
米山
上越
越後府中
南魚沼
坂戸城
群　馬
（上野）
三国峠
伊香保温泉
草津温泉
白井城
鳥居峠
渋川
箕輪城
軽井沢
高崎
五十子陣
本庄
鉢形城
寄居
埼　玉
川越
河越城
（武蔵）
江戸城
（下総）
品川
白河
白河関
日光
栃　木
（下野）
筑波山
那珂湊
茨　城
（常陸）
古河
山　梨
（甲斐）
東　京
（相模）
神奈川
千　葉
（上総）
実田城
鎌倉
箱根
国府津
定輪寺
三島
清見関
興津
静岡
（伊豆）

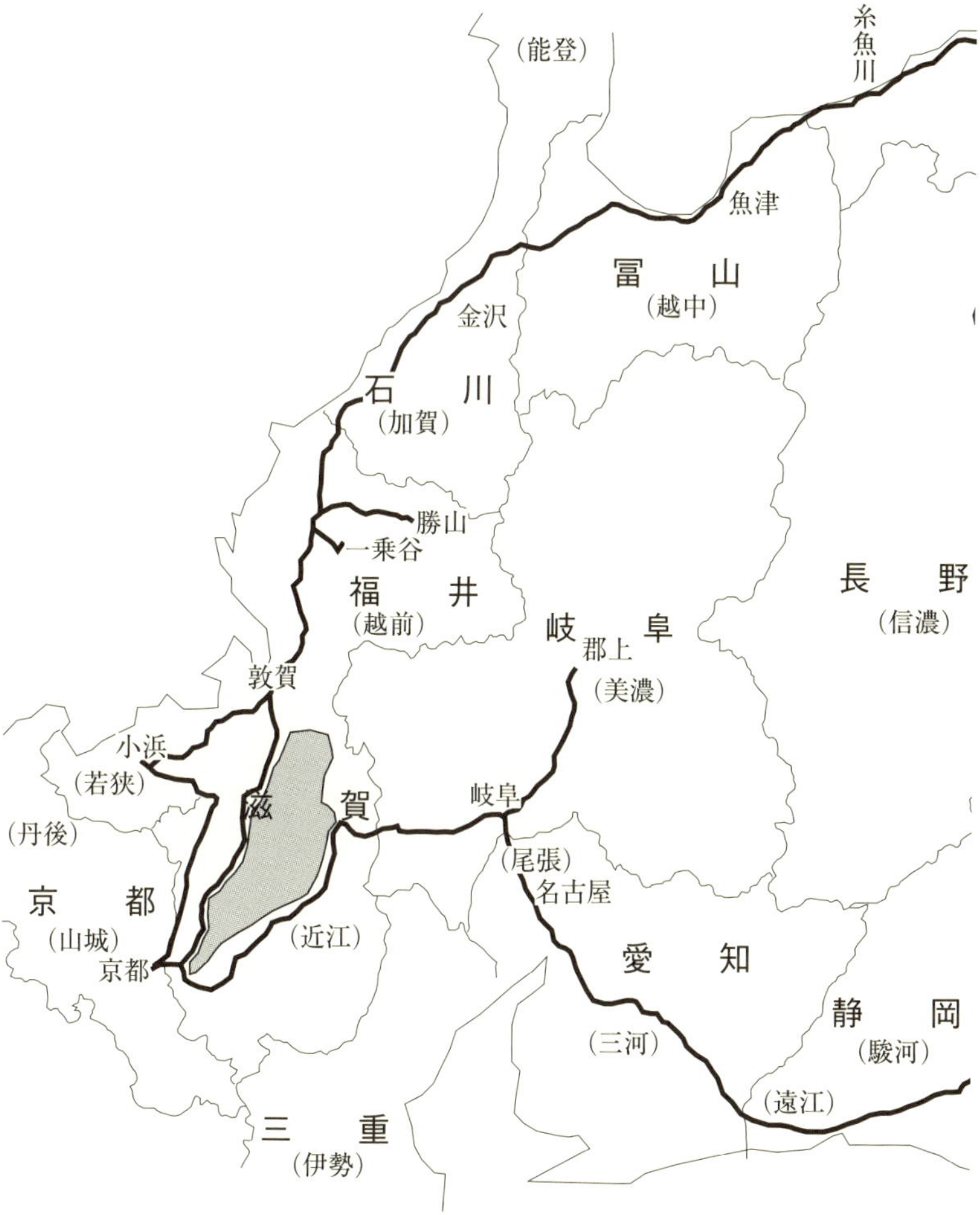
(能登)
糸魚川
魚津
富山
(越中)
金沢
石川
(加賀)
勝山
一乗谷
福井
(越前)
長野
(信濃)
岐阜
郡上
(美濃)
敦賀
小浜
(若狭)
滋賀
岐阜
(丹後)
(尾張)
名古屋
京都
(山城)
京都
(近江)
愛知
静岡
(駿河)
(三河)
(遠江)
三重
(伊勢)

連歌師という旅人――宗祇越後府中への旅

はじめに

数え年八十二歳の老人が越後国府中（府内《ふない》・国府《こう》とも。現、新潟県上越市直江津）を数人の供を連れて信濃に向けて旅立った。文亀二年（一五〇二）三月のことである。この冬の越後はかつてないほどの大雪に見舞われた。しかも、十二月の十日から数日間大地震が続いた。老人の身にはつらかったに違いない。身体にも触ったことであろう。その身を押しての旅立ちであった。前方には妙高それに続く信濃の山々が聳えている。

老人の名を宗祇という。当時、連歌界の最長老であった。宗祇の脇を門弟の宗長《そうちょう》・宗碩《そうせき》・宗《そう》坡《は》、従者の水本与五郎が付き添った。前年の秋に宗祇のもとにやってきた宗長に、宗祇は美濃国まで連れていってほしい、もう一度富士山を見たいと懇願した。その願いが受け入れられての師弟ともどもの旅立ちである。

宗祇は四十年ほど前にはじめて訪れて以来、この越後府中へ八回やってきた。日本全国が戦乱状態の中での旅は、いずれも容易なものではなかったが、府中に着けば心がやすらいだ。し

図1　宗祇騎馬像（早雲寺蔵）

かし、今度、離れれば二度と訪れることができないことは宗祇自身にも分かっていた。はじめて訪れた時から越後国の様相も変わってしまっていた。もはや越後も安住の地ではなくなっていた。見納めとなる府中の町、守護上杉家の行く末を宗祇はどのような思いで眺めたことであろうか。

ここに一枚の絵がある。白髭をはやした老人が馬に乗っている絵である（図1）。これが宗祇である。宗祇は、連歌師の間で後々まで崇敬の念をもって仰ぎ見られた。その思いを託すために多くの肖像画が描かれた。その肖像画はその姿から大きく四種類に分類できる。高僧の姿をする頂相《ちんぞう》図風のもの、維摩風の形を借りた団扇を手にしてくつろいだもの（口絵）、白髭に香を焚き込めている姿のもの、もう一つがこの蘇東坡《そとうば》風の笠を被って馬に乗る姿である。

宗祇は応永二十八年（一四二一）に生まれた。その出生地は近江とも紀伊とも言われている。

その出自も分からない。宗祇自身は自分の出生、連歌界に登場するまでの半生をほとんど語っていない。わずかにその紀行『筑紫道記《つくしみちのき》』に、「昔、相国寺にして折々頼みける人」とあることによって、若年期に相国寺にいたらしいことが分かるのみである。ただし、その時にどのような立場でいたのかは分からない。後々の古典などの学識の基盤はおそらくそこで学んだのだと思われる。

この宗祇が文学史上に登場するのは中年になってからである。連歌は宗砌《そうぜい》、宗砌亡きあとは専順に師事したらしいが、宗砌に学ぶ前にすでにある段階まで修業が進んでいた可能性もある。世に出てからの活躍はめざましいものであった。それに伴って貴顕との交流も幅広くなり、当時、最高の学識者であった一条兼良《かねよし》らに接することによって、ますます古典など文化一般の教養を磨いていった。

長享二年（一四八八）、六十八歳の時には連歌界最高の名誉である北野天満宮連歌会所奉行および宗匠の地位についた。連歌作品そのものも勿論であるが、連歌論書・学書の執筆も多く、また『古今集』『源氏物語』などの古典注釈書も多い。肖柏・宗長・宗碩など門弟も多く育て、そのことを含めて、室町期の文学史上もっとも成功した者と言ってよい。このような文学者、宗祇は生涯、その人生のほとんどを旅に費やした。自庵は京都にあった。室町御所に近いところ上京区新町通今出川上ル上立売町に現存する三時知恩院に隣接した地である。種玉庵《しゅぎょくあん》と名づけられていた。しかし、その自庵にいるよりは旅宿にいた方が多かったと思われるほどである。その点からはもっとも宗祇らしい肖像画は馬に乗った姿、騎馬像であると言ってよい。

八十二歳の三月、越後府中を出た宗祇も恐らく、このような姿で、背中を丸めて、ゆっくりと馬を進めていたに違いない。宗祇のたび重なる旅がどのような意味を持つのか。勿論、文学者であるから歌枕を訪ね、文学の深みを増すための旅でもあったであろうが、それは結果としてそうであっても、旅立つ主たる動機ではなかったようである。

歌人も旅に出た。漢詩人も出た。かれらのような文人は室町期、ますます政治的・経済的力をつけてきた地方の武将たちに待ちこがれられていた。武将たちはみずからの人格形成のためにも、もっとあからさまに言えば、家臣や領民からの尊敬を受け、統治を安定化するためにも、文学などの文化を必要としていた。

室町期は文学史上は連歌の時代であった。文学を求めていた武将らが連歌師の到来を切望していたことは当然のことであった。しかも、連歌は座（集会）を必要とするものである。連歌師はそれに伴う、種々の文化、座敷の設備（座敷飾り）、茶や香などの接待法などにも詳しかった。連歌は古典文学を基盤にするところから、『古今集』や『源氏物語』などにも精通していたことは勿論である。地方の武将たちが渇望していた文化を一身に担って、自分達のもとにやってきてくれる者、それが連歌師であったと言える。連歌は人々の集うことを前提にした文学であったから、連歌の場に人々が集まっても何の不思議もなかった。人々の集いは寄合の場であった。そこでは心の繋がりは勿論のこと、お互いの情報の交換があっても不思議ではなかった。

このことも、武将たちが期待していたことであったかも知れない。
連歌師は僧体をしていた。僧は社会的身分の外に置かれていた。俗世に関わりがないということは、建前上は自由な身であり、敵味方に区別されることもなかった。戦乱の続く時期、このような立場の連歌師は使者として、もしくは情報収集者としての役割を担うものとしても最適であったのである。

宗祇が人生の大半を費やした旅がどのような目的でなされたのかは、さまざまに捉えられることである。連歌師であるから、地方に出かけて、その土地の人々と連歌を巻いたのは当然のことである。古典の講義もした。それも連歌師たる者の表立った仕事であったと言ってよい。それ自分自身の感慨を連歌や和歌の作品に詠んだ。旅でのあれこれを紀行として書き残した。それも文学者として当たり前のことで、文学史上、それらは記念すべき作品として残された。

宗祇は応仁の乱当時から頻繁に越後を訪れた。数えて八度になることは先述した。内乱の激しかった関東平野を抜けていったこともある。よく用いた北陸街道も中央政治の余波で、つねにきな臭かった。宗祇は単に文学的な成就のために、文学的な要請だけのためにそのような場所に出かけたのであろうか。

八十歳になり終焉の地をもとめてたどり着いた越後府中も安住の地ではなかった。一年半後、老身に鞭を打って、とぼとぼとその北国を旅立った宗祇の胸にはどのようなことが去来したことであろうか。

本書は宗祇の数多い旅の中から、越後府中への旅に限って、その経緯、ありようを探るものである。それが宗祇の旅の全容、さらには他の連歌師の旅のあり方の解明の手がかりになると思われるからである。宗祇の越後への旅については、宗祇自身は紀行や日記などを残していない。唯一、門弟の宗長が越後から関東への旅を『宗祇終焉記』として書き残した。これが宗祇最後の旅であった。この書も紀行としては簡略なものである。宗祇越後への旅の様相は、主として彼が残した発句の詞書などから推察するしかない。そこで本書では少しでも立体的に把握すべく、当時の文人たちの越後への紀行をところどころで参照した。あわよくば、これによって室町期の文人らの旅の様子も探ってみたいとの思いもある。

戦乱の世であった。したがって、当時の内乱の状況も、宗祇が関わった武将たちの立場にも言及しなければならない。公家らとの関わりも深い。その公家らの日記によって分かることも多く、それを引用することもたびたびに及んだ。繁雑になりがちになるが、そのことによって、宗祇という連歌師のあり方が幾分かなりとも分かると思うからである。

引用はできるだけ読みやすい形にして提示した。日記などは漢文であるが、これらは書き下し文にした。それらを一字一句忠実に読まずとも趣旨は分かるように工夫したが、折々の真情はこのような文章の口吻に表れることが多い。余裕のある向きは是非ともそれを味わってほしいと思う。

本書を書くにあたっては先学の研究に多く依った。主要なもの、論説や本文を引用したものは巻末の「参考文献」に記した。特に、金子金治郎氏の『旅の詩人　宗祇と箱根』および「宗祇越後の旅を考える」を参考にすることが多かった。また、結果的に作品のほとんどを引くことになった『宗祇終焉記』は内閣文庫本『宗祇臨終記』に主として拠り、その翻刻に際しては新日本古典文学大系『中世日記紀行集』中の鶴崎裕雄氏・福田秀一氏のものを参考にした。

本書で用いた各地間の距離の算出には、インターネット上で公開されている「ちず丸距離計測」を使わせていただいた。現在の車道での距離であるが、おおよその距離はこれで把握できると思う。また、本書中の写真の多くは私自身が撮影したものであるが、数葉、インターネットのウェブサイトで公開されているものを使わせていただいた。これも記して謝意を表したい。

第一章　はじめての越後への旅（第一回）

越後府中と越後上杉氏

　宗祇は生涯、八回、越後府中を訪れた。応仁元年（一四六七）・文明十年（一四七八）・文明十五年（一四八三）・長享二年（一四八八）・延徳三年（一四九一）・明応二年（一四九三）・明応六年（一四九七）、それと明応九年（一五〇〇）、『宗祇終焉記』に記録されたものである。近国の摂津や近江などへのものはともかく、生涯を旅に費やした人生の中でもこの回数は極めて特徴的である。その理由は何であったのか。それを考える前提として、しばらく、越後府中とはどのようなところであったかを探っておきたい。

　越後国は当時、越後上杉氏の所領であった。その領国統治のはじめは、南北朝の動乱の中で足利氏を補佐して勢力を伸ばし、関東管領に任じられた上杉憲顕《のりあき》に求められる。この国は一時期、鎌倉幕府（北条氏）を滅ぼした新田義貞が治めたが、その没落後、足利幕府成立直後にこの上杉憲顕が守護となった。憲顕は一時、雌伏の時期もあったものの、結局は、関東管領として「観応の擾乱《じょうらん》」を乗り切り、古くからの国人が割拠していた越後を貞治元年（一三六二）には平定、以後、越後国に基盤を築いた。

しかし、憲顕は関東管領をも任じられていたことから、立場上鎌倉に常住する必要があった。このことによって、上杉宗家は領国越後を管理することがむずかしく、関東にとどまり関東管領職に専念せざるを得なかった。結局、越後守護職は末子の憲栄《のりひで》に譲られることとなった。この家系が以後、越後上杉氏として越後守護職を歴任することとなる。

越後上杉氏はその祖、憲顕が足利幕府成立に大きな役割を果たしたこともあり、当初から足利将軍家と縁が深かった。また室町期の守護大名の通例として、歴代、京に常住していた。このような立場は、越後上杉氏を都の将軍・公家・僧侶・文人らと、後々まで強い縁で結ばせる要因となったと言える。

その越後上杉氏が京を離れて越後に戻り、領国経営に専念することになったのは、第七代、房定《ふささだ》の時であった。それは守護大名が戦国大名化する流れに合致したものであったが、ただし、それまで培われていた都との縁は切れることなく続いた。将軍家も公家も僧侶も越後上杉氏を頼りにした。それを認識しつつ房定の方も積極的に彼らと結びつき、家格を高めていったのである。

例えば、寛正四年（一四六三）九月には足利義政の母、勝智院（裏松重子）の死に際して御点心料（供養料）三千疋を送り（『蔭涼軒日録』九月二十八日条）、寛正六年十一月には後土御門天皇即位式に際して、銭五十八貫八百文、絹六十三丈代三十貫文を献じている（『斎藤親基日記』十一月十日条）。また、文明十五年（一四八三）冬には元来、鎌倉幕府の執権・連署の国守号であった相模守を要望、近衛政家や将軍足利義政に金品を贈っている。この猟官運動は文明十八年三月に実り、房定は従四位下相模守に任じられ、足利義尚《よしひさ》から三月十日付の「御内書」が届けられた（『越佐史料』）。『後法興院記』文明十八年九月三日の条にはこのことに尽力のあった人々に対して、房定が金銭を贈ったことが次のように記されている。

上杉相模守のもとより音信《いんしん》（略）。鳥目《てうもく》二千疋これを進ず。受領勅許の間、その礼の為に処々に遣はすと云々。

「鳥目」は銭の意である。この条にはさらに、吉田神社の社頭造営に関して、上杉氏が吉田神社を崇敬している藤原氏の末流に繋がることを理由に、近衛政家が、願望していた一万疋寄進の内の不足分を要求したことも記されている。

房定の生年はよく分かっていない。永享（一四二九～一四四一）のはじめ頃ではないかと推測されている。宝徳元年（一四四九）三月二十七日、房定の従兄弟に当たる房朝《ふさとも》（二十九歳）の急死（『康富記』）を受けて守護となった。房朝には跡を継ぐべき子がおらず、房定が養子として跡を継いだ。当時、十代であったかという。

当時は守護の上杉氏が越後を離れて都にいたこともあって、越後国の実権は守護代の長尾邦景《くにかげ》に握られていた。『上杉家記』（『越佐史料』）によれば、房定は守護となった翌年十一月、帰国し、府中にいた守護代の長尾邦景、その息、実景《さねかげ》を攻め滅ぼし府中に入った。これによって房定は名実ともに越後守護として君臨することとなったのである。

以後、房定は京都に戻ることはなかった。関東に出陣することはあっても、主として府中にあって、その死の明応三年（一四九四）十月十七日まで半世紀近く政務を執り、越後上杉氏全盛の時代を築くこととなる。

都も関東も動乱の時代であった。全国各地に覇を唱える武将が出現する中で、関東の名門上杉氏の一族であり、才覚豊かな房定の重要性はしだいに高まっていった。中でも特筆すべきは、文正元年（一四六六）、房定の次男、顕定《あきさだ》が上杉氏の宗家である山内上杉氏の家督を継ぎ、関東管領となったことである。管領家の家宰、長尾景信《かげのぶ》の希望を仲介した岩松家継《いえつぐ》が、承諾するまで居城に居座ると述べ、房定に承諾を迫ったと、『松陰私語《しょういんしご》』に伝えられている。このような要望があったということは、上杉宗家および足利幕府が房定の力を無視できなくなったことを意味しているのであろう。

以後、房定は関東管領の父として、堀越公方《ほりごえくぼう》（将軍側）を支えて、古河公方《こがくぼう》に対抗し、越後だけでなく信濃も含めて関東にもにらみをきかせる覇者となっていく。信濃に関しては、寛正四年十二月十二日に、房定の遣わした越後勢が信濃国高井郡の高梨氏領内に攻め込んだこと、六

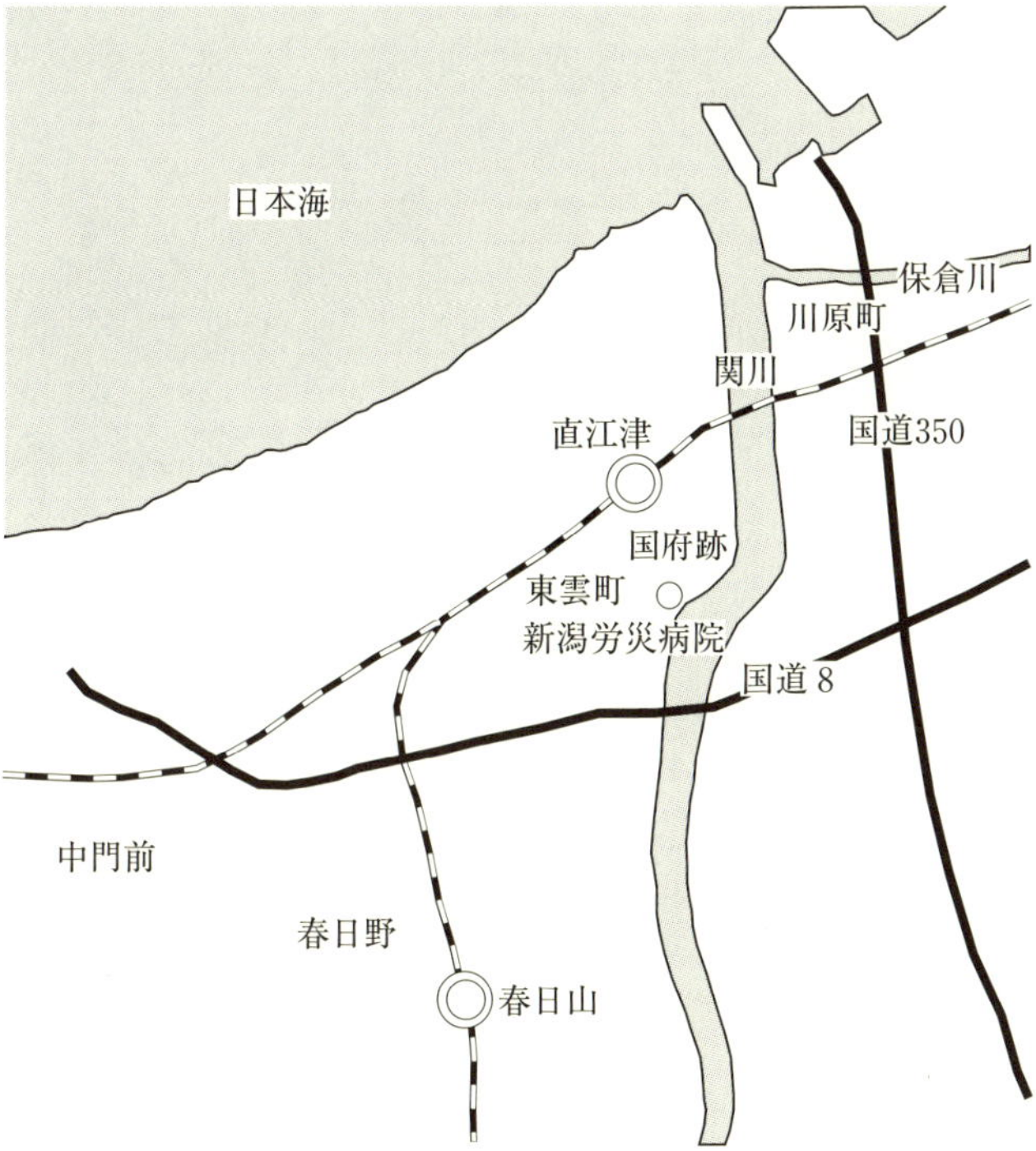

年六月に信濃守護の小笠原光康に対し、幕府から房定と協力して北信濃の領主村上政清・高梨政高を退治するように命じられたことなどが知られている（『信濃史料』中「諏訪御符礼之古書」、「小笠原文書」）。房定はその後さらに信濃に勢力を伸ばしたようで、『大乗院寺社雑事記』文明九年の末尾に掲げられている各国の実質的な統治者一覧には、「越後国上杉」とあるとともに「信濃国上杉小笠原」ともある。当時の信濃守護であった小笠原氏は弱体化しており、北信濃は実質的に上杉房定が掌握していたと思われるのである。このことは宗祇の信濃遊歴にも関わって注意すべき

ことと言える。

　文明十四年（一四八二）十一月には、幕府側と古河公方側が和解したが、そのいわゆる「都鄙合体」の成就に房定は大きな貢献をし、その名声は頂点に達することとなった。

　このような房定の存在によって越後府中は北国の都の様相を呈してくる。越後府中は現在の上越市直江津にあった（写真１）。日本海に注ぐ関川の左岸で、南へは信濃へ向かう道である北国街道が伸び、東西には日本海沿岸を北陸街道が通っている。その両道が交わる要衝の地であり、さらに少し東の柏崎と並ぶ港としても栄えた。

写真１　越後府中跡に建つ新潟労災病院、手前は関川

　その府中には房定の時代、尭恵《ぎょうえ》・道興《どうこう》・万里集九《ばんりしゅうく》・細川政元《まさもと》・冷泉為広《ためひろ》・飛鳥井雅康《まさやす》など多くの貴顕・文人が来訪した。宗祇の越後訪問も大きくはこの流れの中に位置づけられる。

　宗祇の越後府中訪問は最後の二回を除き、他はこの房定の時代のものであった。別の言い方をすれば、宗祇の訪問は上杉房定のもとへのものであったと言ってよい。たび重なる来訪はこのことを抜きにしては語ることのできないものである。越後府中を終焉の地と望んだもののそうはならなかったのは、すでに房定が没していたことと無関係ではないだろうとの推測も生じてくる。

関東へ旅立つ

宗祇が生涯八度、訪れることになる越後府中にはじめて訪れたのは応仁元年（一四六七）の秋、関東下向中でのことである。この関東下向については僅かに『萱草《わすれぐさ》』などの宗祇句集によって窺われるのみで、そこから推測するしかない。しかし、最初の訪問であり、しかも関東の情勢と密接な関わりがあり、そのことでも宗祇の旅の目的を知る手がかりとなるものである。しばらく、関東のことになるが、そのあたりから宗祇の動向を追っておきたい。

宗祇は文正元年（一四六六）五月から六月下旬までの間の某日、応仁の動乱の予兆が感じられる中、都を離れ関東に下って行った。四十六歳であった。既に連歌師としての名は知られていたが、世に出るのが遅かったこともあって、まだまだ連歌師として大きな存在にはなっていなかった時期である。

関東に着いた後、宗祇は関東各地を巡り、文明五年（一四七三）頃に帰京する。およそ七年間の離京であった。その間、『白河紀行』を書き、連歌論書『長六文《ちょうろくぶみ》』『吾妻《あずま》問答』を論述し、関東の武士らと連歌を巻いた。文明二年正月十日から十二日には、太田道真《どうしん》が守る扇谷《おうぎがやつ》上杉氏の拠点、河越城での『河越千句』にも参加した。この千句には道真のほか、心敬《しんけい》・兼載《けんざい》（当時は興俊《こうしゅん》と名乗る）なども加わっている。

連歌の作品としては先に少し触れたように句集『萱草』中の作品もある。この句集は文明六年二月を少し遡る頃の成立とされており、したがって、この中には関東での作品が多く含まれているると考えられるからである。また、この期間中には、三島（現、静岡県三島市）において、文明三年正月から八月頃まで、東常縁《とうのつねより》から「古今伝授（受）」を受けるということもあった。この三島では同年二月二十四日から二十六日まで、古河公方《こがくぼう》と対峙する常縁の戦勝祈願などのために、『三島千句』を独吟している。

宗祇は七年間の関東を中心とした活動の中で、今後、ますます政治・軍事力をつけていくであろう関東の武士らの知遇を得、文人としての箔となるはずの「古今伝授（受）」のお墨付きも与えられた。連歌師としての後半生を確固たるものにする基盤を、宗祇はこの時期ここで築いたことになる。

当時、関東も都に劣らず、二大勢力が関東支配を巡ってにらみ合いを続け、戦乱の渦中にあった。第五代将軍、足利義量《よしかず》の夭折後、次期将軍職を狙っていた鎌倉公方、足利持氏《もちうじ》没後、その遺児、万寿丸が成氏《しげうじ》と名乗って鎌倉公方に就き、宝徳元年（一四四九）九月九日に鎌倉に入ると、それまで不遇をかこっていた反上杉派の勢力が復権し、この親成氏派と上杉派の対立がしだいに避けられないものとなっていった。そのような折、享徳三年（一四五四）十二月二十七日、足利成氏が鎌倉の自邸で関東管領、山内上杉氏の憲忠《のりただ》を謀殺するという出来事が起こる。世にいう「享徳の乱」のはじまりである。

その暴挙に管領、山内上杉氏の家宰、長尾景仲《かげなか》は越後国にいた憲忠の弟、房顕《ふさあき》を後継者として押し立て、越後守護の上杉房定に援助を請い、成氏と対峙、さらに幕府にも成氏打倒を訴えた。

これを受けて、時の将軍、足利義政は成氏追討を決め、翌年、享徳四年、上杉房定と駿河守護、今川範忠《のりただ》に出兵を要請する。『康富記《やすとみき》』は同年三月三十日の条に、二十八日に上杉房定が関東へ向かったという伝聞を載せ、四月十五日の条には、

去る月の時分、関東御退治の為、武家より御旗、関東へ下さるなり。上杉・今河・桃井等これを賜ふ。下向なり。

と記している。「武家」は将軍のことで、足利義政である。「上杉」は房定、「今河」は範忠である。

範忠は康正元年（一四五五）六月十六日、成氏を追い落として鎌倉を占拠した。それを受けて、義政は長禄元年（一四五七）、成氏に替わる鎌倉公方として、弟の足利政知《まさとも》を関東に派遣した。政知は政情不安な鎌倉には入らず、伊豆の堀越《ほりごえ》（現、静岡県伊豆の国市）に居を構える。一方、成氏は下総国の古河《こが》（現、茨城県古河市）へ移り居を定めた。堀越公方と古河公方が鎌倉公方の座を争って両立した事態の出現である。宗祇が下向する十年ほど前のことである。

膠着した戦線の中で、上杉方の要めであった房定は自国の越後へ戻ることもできず、時が経過する。文正元年（一四六六）二月十二日、管領、上杉房顕が三十二歳の若さで急死したのはそのような状況の中でであった。

その事態を受けて房定の次男、当時十三歳であった上杉顕定が山内家を継ぎ管領となった。このことについては前節で既に触れた。長男、定昌《さだまさ》は自家の後継として残し、次男を管領家に入れたのである。房定はそれを見届けたかのように、長男、定昌を弟の支援のために関東に残して帰国した。享徳四年に幕府の要請で関東に出兵してから十年間ほどの関東在住であった。定昌はまだ十四歳であったが、房定としても不安要因が払拭されたわけではない領国、越後をいつまでも離れていることはできなかったのである。

宗祇が、関東下向の意志を固めたのはちょうどその頃のことである。それを明示しているのは、文正元年の夏に詠まれたと推測できる『萱草』に載る次の発句二句である。

① 東へ下り侍りし時、住吉に詣でて、まかり申し侍りしに、そのわたりにて、俄に人の勧め侍りし時
　　五月雨はいづく潮干の浅香潟
② おなじく東へ下りし時、北野十八日の会に、旅行の心を
　　帰らばと道芝結ぶ夏野かな

①の「住吉」は現、大阪市住吉区にある住吉神社、当時は海を前にしていた（図2）。「浅香潟」は住吉区から現、堺市に続く海岸である。宗祇は住吉神社に詣でて、旅の無事を祈ったのであろうか。②は「北野十八日の会」とあり、北野天満宮での連歌会でのものである。東国に下ることが分かっていて「旅行の心」を詠んだのであろう。道の芝草を結ぶのは旅の無事を祈

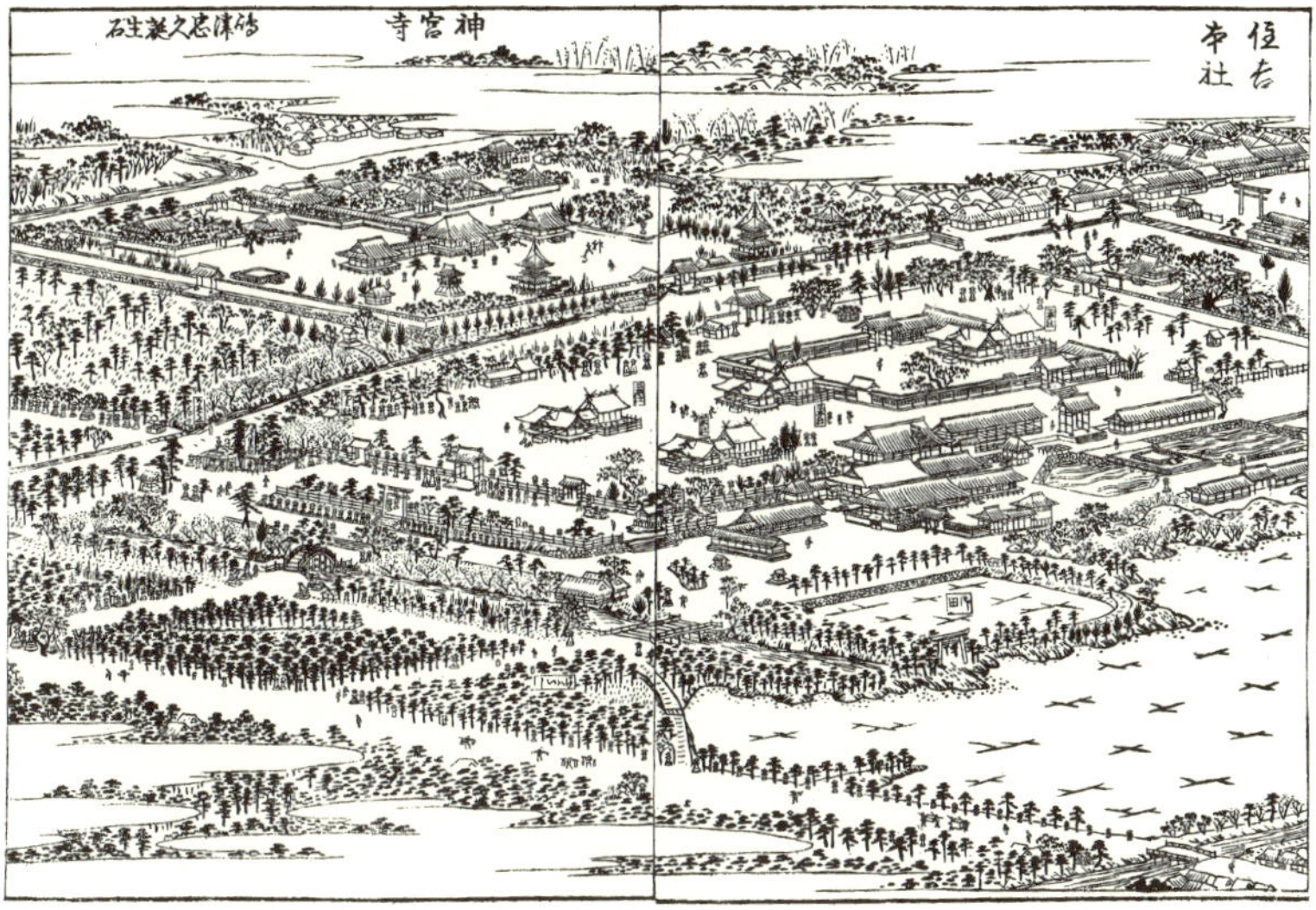

図２　『摂津名所図会』中「住吉本社」（臨川書店刊）

るまじないである。発句に中には「夏野」とあるだけで、これでは五月か六月か分からないが、『萱草』ではこの句の次に「撫子《なでしこ》」が詠まれた句が載せられている。「撫子」は六月の景物である。これを考慮すれば宗祇は遅くとも六月のうちに都を出たのであろう。

　宗祇がどのような形で、どれほど正確に関東の情勢を聞き知っていたかは分からない。しかし、上杉房定の次男が、「享徳の乱」以後の緊迫状態の中で、山内上杉氏の家督を継いだことなどは伝え聞いていたに違いない。宗祇の下向はその情報を得ての決断であったはずである。そうであれば、宗祇の下向は公家などが都の乱を避けて、奈良や遠国に下向したのとは相違している。わざわざ戦乱の渦中に飛び込むようなものであったと考えざるを得なくなる。両角倉一は論考「宗祇の東国下向（その一）」の中で、このことに関してすでに次のような指摘をしている。

応仁の乱の始まる以前のであるから、京都の大乱を避けたいというわけではない。かえって、当時、関東では古河公方と堀越公方及び関東管領家との争乱の只中であった。

両角はこのような観点から、宗祇の関東下向の目的を次のように述べる。

関東管領山内上杉家の重臣の長尾氏（上野国の惣社長尾と白井長尾）の招待によって連歌指導のために下向し、そのついでに宿願の歌枕の地を回遊するというのが今回の旅の動機ではなかったかと思う。

連歌師であるから当然、連歌もしくは古典教授などのことが目的の一つとしてあったことは確かであろう。ただ純粋にそのためだけに生命の危険をおかして戦乱のただ中に赴くということも理解しがたい。緊迫状態であったからこそその下向とみて、そこから下向の目的を探る必要もあるのではないかと思う。

金子金治郎はこの下向について、『旅の詩人　宗祇と箱根』で次のように述べている。

宗祇の関東下向が単なる名所探訪と考えるのは、泰平になれた甘い想像であって、応仁の大乱勃発を前にして関東へ下った宗祇や心敬の下向には、何かしかの政治的役割が負わされていた。その証拠に、彼等の訪問先は、同じ関東であっても、京の幕府方と細川方、いわゆる東軍が味方と頼む諸勢力であって、これに敵対する古河公方側には及んでいない。関東入りをした宗祇の巡回する範囲は、後でみるように古河公方に対峙する諸勢力であり、心敬も同じである。

「何かしかの政治的役割」が具体的に何であったのかは不明であるが、堀越公方側の有力者たち、上杉氏や長尾氏への幕府からの働きかけの伝達などということも考えられよう。特に、当時、関東の最有力者で、幕府からもっとも信頼を置かれていた上杉房定との関わり、子に関東管領を持つことになった房定への寿ぎなどが関東下向のさしあたってのもっとも重要な目的であったということはなかったであろうか。

いずれにせよ、後々までの宗祇と越後上杉氏との密接な結びつきはこの時に作られたのであろう。後に、青苧《あおそ》座の関係などで越後と深い関係のあった三条西家の当主、実隆と宗祇は密接な交わりを持つが、越後上杉氏・実隆・宗祇の三者の関わりは、この折に作られた宗祇と上杉房定との間柄の構築がきっかけになったのだと思われる。

もっとも、実隆は康正元年（一四五五）生まれであるので、この宗祇関東下向の時には家督は継いでいたものの、まだ、十二歳であった。文献上判明する宗祇と三条西実隆との交誼は文明九年（一四七七）七月十一日からで、まだ、宗祇と実隆を繋ぐものはない。

後述するように、宗祇が関東下向の翌年、越後府中に赴いたのもこのような流れを考えれば、必然のことであったのかも知れない。上杉房定が次男の管領家相続の後、いつまで対古河公方の拠点であった上野国（現、群馬県）にとどまっていたのかは判然としないが、先述したように、応仁に年が変わる前には、次男の支援として長男の定昌を残して自分は越後へ戻ったらしい。

宗祇が五十子《いかっこ》の陣（現、埼玉県本庄市）または定房が居城としていた白井城《しろい》（現、群馬県）へ到着した時には、房定は既に帰国していたのであろう。宗祇の関東下向の目的の一つが房定との面会にあったとすれば、入れ違いになってしまったのである。

京都から関東まで

宗祇がいつごろ関東中央部に到着したかは、『萱草《わすれぐさ》』所収の句を辿ることで推測するしかない。したがって、都を出てからの道筋を、『萱草』中の句およびそれに付せられた詞書を順に追うことで確認していきたい。

まず、『萱草』第三の「秋連歌」の部には次のような発句がある。

①　東へ下りし時、駿河国にて
　世こそ秋富士は深雪の初嵐

②　同じき国今河礼部亭にて
　風を手にをさむる秋の扇かな

これらは駿河国、現、静岡県での発句である。心敬《しんけい》は翌年の応仁元年四月から五月にかけて、伊勢から直接、品川へ船で下った。そのように海路で関東に入る方法もあった。それとは相違して、宗祇は陸路を辿ったと思われる。それにはそれなりの理由があった気がする。途中、どのような経路を取ったかは不明であるが、後に深い縁で結ばれる美濃国（現、岐阜県）に立ち寄った可能性は高い。『宗祇終焉記』では、宗祇は「美濃国に知る人ありて」と、越後を捨てて美濃に赴きたいという思いを述べている。美濃との関わりはこの頃から生じていたのではなかろうか。

駿河国に着いたのは初秋のことであった。夏に都を出立し、ひと月ほど後のことと思われる。①の発句に「初嵐」が詠み込まれているが、これは『宗祇《そうぎ》袖下《そでした》』に七月の景物として掲出されている。この発句は自分たちのいる所では秋になったばかりなのに、富士山はすでに深い雪が積もっているという、雪を冠する富士山を見ての感慨である。『宗祇終焉記』にこの富士山をもう一度見たい、と記されていることは先に触れた。

②の句の詞書にある「今河礼部」は駿河守護、今川義忠《よしただ》のことである。先述した鎌倉から足利成氏《しげうじ》を追放した範忠《のりただ》はこの義忠の父で、寛正二年（一四六一）頃に没している。当時はその息、義忠が守護職を継いでいた。義忠は足利義政から関東出陣を要請されたもののそれに応えず駿河府中（現、静岡県静岡市）に在住していた。宗祇はその範忠邸を訪れたのである。

今川氏が上杉（幕府・堀越公方）方であったことは先に述べた。宗祇の義忠訪問には政治的な匂いを感じるが、それはともかく、「風を手に」の句は明らかに義忠の治世を寿いでいる。「をさむる」には秋になって扇を収めた、ということと、「風」つまり風雲、世の乱れを治めたということが掛けられているのであろう。

宗祇はひと月半ほど駿河に滞在して、また旅立つ。『萱草』には次の句が見える。

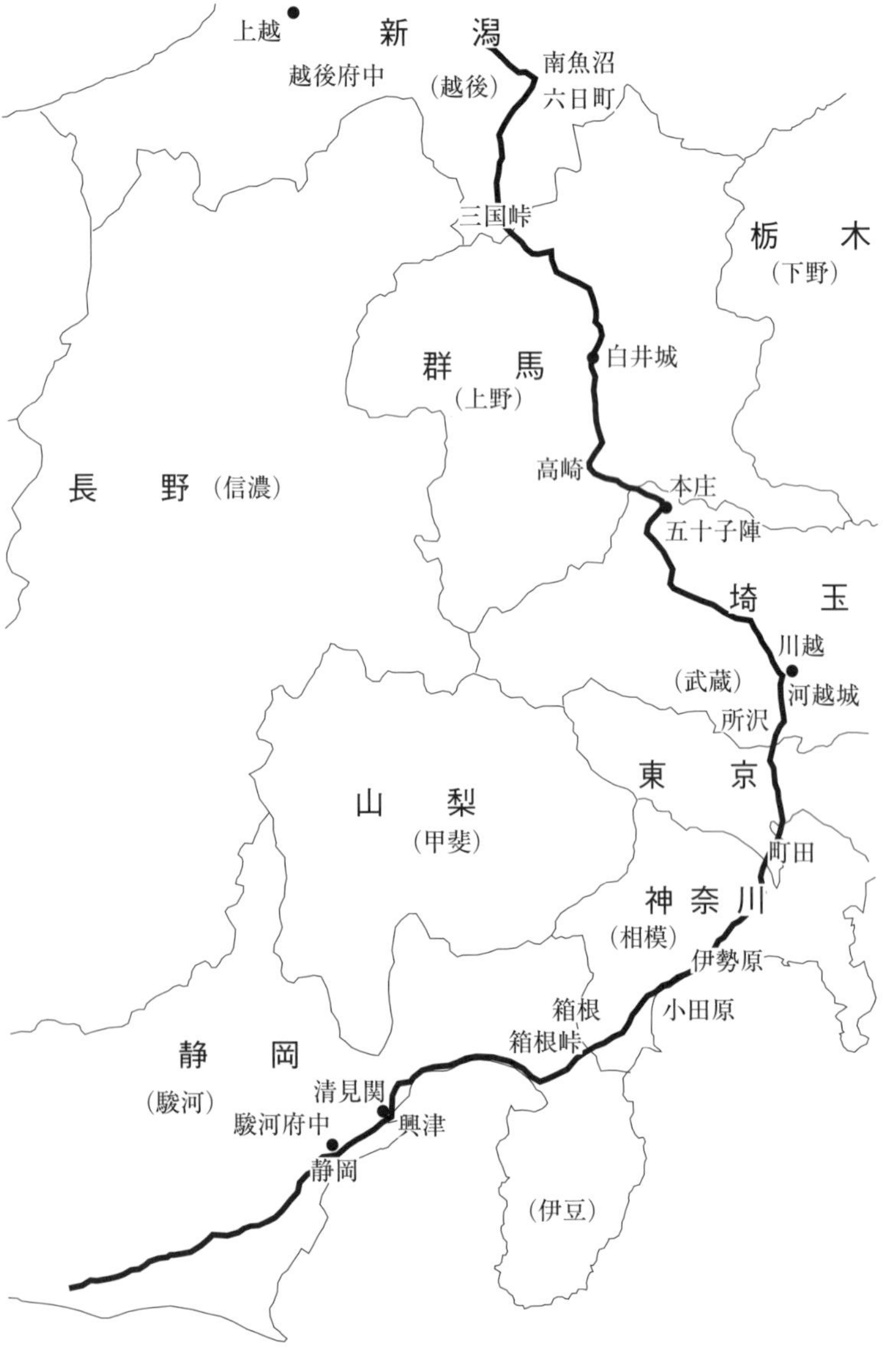
上越
新　潟
越後府中
（越後）
南魚沼
六日町
三国峠
栃　木
（下野）
白井城
群　馬
（上野）
長　野（信濃）
高崎
本庄
五十子陣
埼　玉
川越
河越城
（武蔵）
所沢
東　京
山　梨
（甲斐）
町田
神奈川
（相模）
伊勢原
箱根
小田原
箱根峠
静　岡
（駿河）
清見関
興津
駿河府中
静岡
（伊豆）

清見関《きよみがせき》にて、これかれ終夜《よもすがら》月を見侍りて、暁方、一折《ひとをり》と勧め侍りし時

月ぞ行く袖に関守れ清見潟

この句がいつのものであるかは、その詞書からだけでは判然としないが、後に宗長が『宗長手記』の大永四年（一五二四）七月二十九日の記事で次のような思い出を語っていることから、これがこの関東下向の時のものであることが分かる。

二十九日、宗祇故人、先年、当国下向思ひ出でて、折に合ひ侍れば、年忘れの一折張行。

思ひ出づる袖や関守る月と波

この心は、先年、この寺に誘引して、関にて一折の発句、

月ぞ行く袖に関守れ清見潟

思ひ出づると云ふ愚句なるべし。『新古今』に、

見し人の面影とめよ清見潟袖に関守る波の通路

この歌、本歌にや。宗祇、この寺の一宿、今年五十八年になりぬ。

宗長がこの清見が関（写真2）に一泊してから今年は五十八年目にあたるというのであるが、大永四年より五十八年前は正しく文正元年である。当時、宗長は十九歳の若者であった。宗長は、この宗祇駿河滞在の時にはじめて面識を得たと思われ、その感激が五十八年経った時に蘇ってきたのである。清見潟を望むところに、清見寺があり、関があった。現在の静岡市清水区興津付近で、海を隔てて三保半島の岬、さらに遠くには伊豆が見える景勝地であった。「折に合

写真2　清見が関の地に残る清見寺

ひ」とあるのは七月二十九日が宗祇の命日であったことを示唆している。

問題は宗祇がここに来た日であるが、それは宗祇の句の詞書に「終夜月を見侍りて」とあることからすれば、八月十五日と考えられる。この句は、今、十五夜の名月が沈み行こうとしている。それとともに私も旅立つ。月に対してもそうであるが、私のことも袖を引いて旅立つのを留めてくれ、という別れの名残惜しさを詠んだ句である。清見潟は月の名所であった。西行も次のような歌を詠んでいる。

清見潟沖の岩越す白浪に光をかはす秋の夜の月（『山家集』）

駿河府中からは十七キロメートル余りの距離がある。また、句の内容からも清見寺に訪れたのは滞在中の遊覧ではなく、府中を出て関東への途次に宗長の案内で立ち寄ったということだと思われる。その後、宗祇は宗長に別れ、関東へ向かうことになる。

関東へ入る

宗祇が武蔵野（関東平野）に入ったのがいつかは不明である。当時の主要路であった鎌倉街道上道《かみつみち》は、現在の地名で言えば、鎌倉から横浜市瀬谷区、町田市へと通じているが、直接に関東平野の中央部に入ったとすれば、小田原から現在の小田急線を辿るようにして、扇谷上杉氏の本拠地であった現、伊勢原市を抜け、町田市、東京都府中市、埼玉県所沢市と関東平野を北上して、当時の関東管領方の前線基地、五十子《いかっこ》の陣（現、埼玉県本庄市）へ向かったのであろう。

その途中経路はよく分からないが、『萱草』には関東の武士との「はじめて」の会で、とする発句が二句あって、それらはその途次でのものである可能性がある。その一つは、

①　東へ下り侍りし時、太田の備中入道の山家にはじめてまかりたりしに、数座侍りし会の中に

花の名を聞くより頼む山路かな

もう一つは、

②　長尾左衛門尉はじめて参会の時、九月尽に

秋を塞《せ》け花は老いせぬ菊の水

である。

①の「太田の備中入道」は当時、越生《おごせ》（現、埼玉県入間郡越生町）に退隠していた太田道真《どうしん》のことである。既に太田氏の家督は道真の息、道灌《どうかん》が継いでいたが、五十六歳の道真はいまだ扇《おうぎ》谷《がやつ》上杉氏を支える要めであった。越生は鎌倉街道上道沿いから少し入ったところで、上道を挟んで反対側には道真が家宰を勤めた扇谷上杉氏の本拠の一つであり、道真が留守を守っていた

写真3　河越城本丸跡

河越城（写真3）があった。

この発句の「聞く」には「菊」が掛けられている。したがって、九月九日、重陽の節句の折の句と考えられる。宗祇著と伝えられている『初学用捨抄』には、

九月にいたりては、まづ九日に菊などを案じ候はんには、

仙人《やまびと》の織る袖匂ふ菊の露うち払ふにも千代は経ぬべし

と俊成卿詠むなり。

とある。菊への仮託は、隠棲した道真に相応しく、また句中の「頼む」には関東の実力者、道真からの末永い庇護が得られることへ期待が吐露されている。

もっとも、詞書の「はじめて」は関東で「はじめて」の意とは限らないので、これがしばらく関東で活動した後のことであってもよいが、詞書全体の口調、句の内容からは宗祇が「東へ下」って「はじめて」関東武士との会を持ったという思いが感じ取れるのではなかろうか。

因みに、『萱草』中にもう一句、道真の家での句が載っている。

③　太田備中入道の山家にて、冨士松の紅葉を

松ひとり富士に時知る紅葉かな

さらに、初編本『老葉』には次のようなものが見える。

④　吾妻にて、太田備中入道山家会に

隙《ひま》白き霞や簾嶺の雪

前者は下向当初にしばらく同所に滞在して詠まれたものとも考えられるが、後者は冬の句であることから、後年に詠まれたものであろう。いずれにしても、先に引いた①の句はこれらに比較すれば、下向当初に詠まれた気配が強いと思われる。

②の発句にも詞書に「はじめて」とあり、こちらは「九月尽に」とする。長尾左衛門尉は関東管領、山内上杉氏の家宰であった長尾景信《かげのぶ》である。この景信が当時、両上杉家を束ねて古河《こが》公方《くぼう》に対抗する勢力の中心にいたこと、上杉房顕《ふさあき》の急死後、上杉房定《ふささだ》の次男をその後嗣に据えるのに力があったことは先に述べた。房定が越後に帰国した後は上杉方つまりは幕府（堀越公方）方の実質的な総統率者であったと言える。この景信は当時、五十子の陣（写真4）にいたと思われ、この発句はそこでのものであろう。

この発句には「菊の水」が詠み込まれている。「菊の水」自体は①と同様、重陽のもので長寿をもたらす霊水である。『初学用捨抄』には前引した「俊成卿」の歌の後に、

谷川の菊の下露いかなれば流れて人の老を塞《せ》くらん

という『新古今集』所収歌が引かれている。

写真4　五十子陣跡

その「菊の水」によって「秋を塞け」ということで、秋が去るのを引き留めよという句意である。九月尽に合致した内容であるが、勿論、景信の長寿を願う含意がある。当時、景信は五十四歳であった。この句も宗祇が関東に足を踏み入れた時のものであるかどうかは不明であるが、この後、たびたび接することになったであろう景信との最初の会ということから、その時のものと考えてよい気がする。

この両句を以上のように捉えれば、宗祇は文正元年（一四六六）八月十五日に清見潟を通過、二十余日掛けて、九月九日に川越付近、この辺りでしばらく滞在し、二十九日には五十子まで来ていたと考えてよいのであろう。「五十子」は現、埼玉県本庄市、利根川の西岸にあたる。ここに上杉側（幕府側）が対岸の東側に陣どる古河公方と対峙する前線基地を築いた。「陣」とは峰岸純夫『中世の合戦と城郭』によれば、

> 陣所にはにわか造りの掘立小屋の兵舎や馬小屋が立ち並び、馬場があり、その周りは幕を張り巡らし、防御用の堀や柵に囲まれている

ようなものだという。ただし、『太田道灌状』（『群馬県史　資料編7　中世3』）に「五十子御陣の事三十年に及び、天子御旗を立てられ候の処」とあり、「享徳の乱」以来長く使用されたものと

考えられ、それなりに恒久的な施設になっていたのだと思われる。ここにこのような陣が作られたのは、

利根川の川幅が狭り、深さもそれほど深くなく（略）軍勢が利根川の両岸を比較的容易に移動できる地点

であったためと斎藤慎一は『中世を道から読む』で述べている。

以後の宗祇の足跡は多様で、品川・江戸・藤沢など各地、『白河紀行』の旅、「古今伝授（受）」に絡んでの三島への旅などをし、金子金治郎『旅の詩人　宗祇と箱根』によれば、文明元年には伊勢・奈良へも足を向けているという。

上杉定昌との出会い

このような動向の中で、宗祇は関東管領、上杉顕定《あきさだ》の実兄、上杉定昌《さだまさ》と出会った。初編本『老葉《わくらば》』に定昌のことが一度出てくる。次のものである。

上杉典厩《てんきう》の陣所、上野国白井《しろゐ》にて

咲くまでの梢に残れ雪の花

この句は残雪を詠んだ初春の句である。初編本『老葉』は文明十三年（一四八一）夏頃の成立と考えられており、この時までに宗祇が白井に出向いた可能性は、今話題にしている関東下向の機会にしかない。先ほど述べたように、宗祇は文正元年（一四六六）九月二十九日には五十子《いかっこ》

写真5　白井城本丸跡、正面は山腹に伊香保温泉のある榛名山

に着いていたと思われるが、初春ということになると、早くともその翌年の応仁元年（一四六七）ということになる。宗祇は新春の挨拶に白井城（写真5・9）を訪れたのであろう。

「上杉典厩」は上杉定昌のことである。当時、定昌（ただし、当時は改名前の定方を名乗っていた）は左馬頭であり、典厩はその唐名である。定昌は文明十八年（一四八六）三月十日、父、房定《ふささだ》が従四位相模守に叙任されたのに伴って、父の官途であった民部大輔を受け継ぐまで典厩と呼ばれた。

これらの事柄については問題はない。ただし、内容上ではこの発句には考慮すべき点がある。詞書に「上杉典厩の陣所」とあり、そこでの発句である以上、一般的にはその主人たる者、ここでは上杉定昌、もしくはその場所の様子・景物などを主として取り上げるのが普通である。その点ではこの発句は眼前の梅の花のような雪を賞翫した句と言えるが、雪は元来は前年の冬のものであり、新春の祝賀の句にはそぐわない気がする。これが疑念の一つである。

それから、寿ぎということであれば、一般に寓意が込められている可能性が高い。つまり、主人を花などに仮託して讃えるということである。そう考えるとこの発句には奇妙なことがある。讃えられているのが「雪の花」で、これが残っていてほしいというのである。この句が詠まれた時、定昌は十五歳になったばかりである。その定昌を残っていてほしい「雪の花」と喩えるのはおかしい。これからという若者であるからには、これから花咲くはずのものというのが常識的である。「雪の花」に喩えられるのは年配者がふさわしく、定昌の方はこれから咲くべき「花」とすべきであろう。これらのことを考え合わせると、この作品はまだ若い定昌が花開くまでもう少しある、「あなた」が替わりに花として残っていてほしい、という句意だと思われるのである。

つまり、定昌の館での発句でありながら、主役は陰に隠れている。この発句の奇妙さがここにある。それではその主役とは誰なのであろうか。候補としては定昌の父、房定が頭に浮かぶが、房定はその場にはいない。もしいたならば房定を前面に出して、詞書でも「房定の陣所」としたはずである。他に可能性を推察すれは、実質的な白井城の城主であった長尾景信がそれにふさわしい。この発句は名目上の城主である上杉定昌を表面に出して、実は長尾景信への祝辞ではなかったであろうか。これがこの発句の内容上の疑問点からの推察である。

定昌と宗祇との関わりについては、定昌の死に接しての宗祇の哀悼の言動（後述）を思い浮かべ、遡って、この発句を宗祇と定昌との親密な関係のはじまりと捉えがちであるが、実はこの発句からは長尾景信との関係を認めるべきなのではなかろうか。少なくとも、この時の関東下向時、宗祇にとって定昌はまだ頼りにできるような存在ではなかったに違いない。それよりも長尾景信ら長尾一族への期待が大きかった。

この発句の詠まれた前の年、宗祇関東下向の直後の十月には『長六文《ちょうろくぶみ》』が孫六、つまり総社長尾氏の景棟《かげむね》に、当年には『吾妻《あずま》問答』が長尾孫（弥）四郎、景春《かげはる》に送られている。この景春は白井長尾氏、景信の子息である。このような長尾氏重視、これが上杉房定不在の関東における宗祇の立場であったと思われる。最近、二年ぶりに会えたことを喜ぶ歌三十一首と序文を記した「長六和歌（仮称）」が、古書店目録（臨川書店・平成二十二年春期号）で紹介された。これが確かなものであれば、宗祇は関東滞在中にもう一点、自作を孫六に贈ったということになる。

関東から越後府中へ

勿論、宗祇の目が長尾氏だけでなく、その主家にも相当する上杉房定《ふささだ》にも向けられていたのは疑う余地がない。そのような宗祇が関東に下向する直前に越後に帰ってしまった房定を追って、その年、そのまま越後へ向かわなかったのは、関東武士との関わりを親密にしたいということもあったであろうが、季節の問題もあったかと思う。五十子《いかっこ》へ着いたのが秋の末であれば、それから幾ばくかの日を経て三国峠を越え、豪雪地帯である湯沢・六日市方面へ赴くのは無謀に感じられたのではなかろうか。宗祇は年が明けるのを待った。しかし、なかなか出立できずに、応仁元年も夏頃になってようやく越後に向かうことになる。

宗祇は上野国から三国峠を越えて越後に入ったらしい。このあたりはまったく記録が残され

柏崎
新　潟
（越後）
越後府中
上越市
十日町市
坂戸城
南魚沼市
妙高市
関山
妙高山
湯沢町
飯山市
野尻湖
柏原
中野市
三国峠
善光寺
沼田市
中之条町
長　野
（信濃）
群　馬
（上野）
白井城
渋川市
箕輪城

ていず、宗祇がどのような道を辿ったか、いつどのあたりに歩を進めていたかは分からない。ただ、ほぼ同時代にこの道を通った文人らの記録が残されているので、宗祇もそれに類した旅をしたのであろうとは推測できる。

例えば、道順は逆であるが、聖護院門跡道興は文明十八年（一四八六）七月十五日に越後府中に下着、七日の逗留の後に、上野国に向かって旅立っている。紀行『廻国雑記』によってその道筋を辿れば、府中からしばらく日本海岸を進み、柏崎から内陸に入って、安田（現、柏崎市）・山室（同）と進み、木落（現、十日町市。栄橋付近）か妻有《つまり》あたりで信濃川（写真6）を渡り、塩沢（現、南魚沼市）に出て三国峠（写真7）を越え、上野国に入っている。この道は後に三国街道脇往還とされた道である。途中の日付がないのでどれほど日数がかかったかは判然としないが、この後、現在の群馬県藤岡市あたりの「上野国大蔵坊」に十日、「杉本」に十日滞在して八月十五夜を迎えているので、白井《しろい》のあたりを通過したのは、七月二十余日かと思われる。府中から一週間ほどで白井まで来たことになる。

写真6　信濃川妻有付近

この道興が通った道を歌僧、尭恵がひと月半後に通っている。その紀行『北国紀行』によれば、尭恵は文明十八年八月の末に越後府中を旅立ち、柏崎から三国峠に向かい、九月九日に白井に着いている。府中から一ヶ月余りの行程であった。柏崎から三国峠への道筋の記述はないが、道興とほぼ同じ道を辿ったと思われる。上野国白井に着いた時のことが『北国紀行』に次のように見える。

　重陽の日、上州白井といふ所に移りぬ。則ち藤戸《とうこ》部定昌《ほうさだまさ》、旅宿の哀憐を施さる。十三夜に一続《ひとつぎ》侍りしに、「寄《スル》レ月《ニ》神祇」

　越えぬべき千年《ちとせ》の坂の東《ひがし》なる道守《まも》る神月やめづらん

写真７　三国峠の下を抜ける現在の三国隧道

「藤」は藤原を略して中国人風に一字名にしたもの、戸部は民部大輔の唐名であるので、藤原民部大輔を中国風に呼んだものである。「定昌」は上杉定昌。上杉氏は藤原氏の支流であると称していた。文明十八年三月十日、父、房定が従四位相模守に叙任されたのに伴って、定昌は民部大輔を譲られていたことは先述した。定昌はその時三十四歳になっていた。「十三夜」は九月十三日の夜、後《のち》の名月の時である。「一続」は続歌《つぎうた》という形式で和歌を皆で詠み合うことをいう。定昌がその居城、白井城で尭恵の旅の苦労を慰労し、十三夜の月を愛でながら和歌の会を催したのである。

道興とかかった日数が随分相違するが、尭恵は途中、長く逗留することがあったということであろう。道興の方は柏崎あたりで地名の混乱もあり、日数にも誤りがあるのかも知れない。

さらに二年後には五山僧、万里集九《ばんりしゅうく》が同じ道を辿って道興らとは逆に上野から越後へと向かっている。漢詩集『梅花無尽蔵』には日記風にその記録が収録されている。こちらの方が途次の記録が詳細で、旅の苦労も描かれている。これによれば、集九は長享二年（一四八八）九月二十九日に白井を出発した。

小山中（未詳）、沼田、相間田（相俣）に宿し、ようやく十月二日に三国峠を越える。その時の七言絶句に次のようにある。

瞿塘《くたう》・灔澦《えんよ》も却つて安き流れならん
石は剣鋩《けんばう》を捧げ、脚頭を穿つ
黙して識る、斯《こ》の間に栖むこと穏やかならざるを
風声に枝動き、暮禽《ぼきん》愁ふ

「瞿塘」「灔澦」は中国の峡谷である。それらなど大したことはないという。「剣鋩」は剣の切っ先、そのような石が足を貫くような道であるとする。「暮禽」は夕暮れ時の鳥、それが愁いを含んだ声で鳴く。三国峠を越えるのは季節上この時期がぎりぎりであったと思われる。この詩には次のような追記がある。

僉《みな》云ふ、北国第一の嶮なりと。此の夕、二井《ふたゐ》に宿る。

三国峠は急峻で越えるのに容易でないということであるが、集九は馬に乗って旅をしたようである。この越後下向のはじめの詩には、

泥深く、馬痩せ、山河に蹶《つまづ》く

と詠まれている。本書の「はじめに」に記したように、宗祇も馬で旅をしたと思われるが、集九の漢詩によってその様子が浮かびあがってくる。集九の乗馬は一頭ではなかったようで、五日に着いた上田（後述）では、「余の為に、二馬を洗」ってくれた、と記されている。当時、馬は乗用として一般化していたようで、公家も乗馬したことが、例えば『後法興院記』の文正元年（一四六六）閏二月十二日条に、

今日、殿、御輿に乗らしめ給ふ。余また同じ。門跡より迎へを進《まゐ》らせ畢んぬ。御供、季経朝臣・嗣資・（略）・左衛門少尉藤原長泰、各《おのおの》馬上。帰路の時、月、殊勝の間、余、馬に乗り帰宅。路の間、またその興有り。

とあることなどで分かる。『方丈記』で「車に乗るべきは馬に乗り」と歎かれた時代は遠い昔のことになったと言うべきなのであろう。洛中でもそうなのであるから、旅では当然のことで、それは『伊勢物語』（第九段）の東下りで昔男が馬で旅をしているらしいことなどからも推察できる。

集九は十月三日は二井（二居。現、南魚沼市湯沢町苗場）、四日は石白（現、南魚沼市湯沢町）、五日から七日は上田（現、南魚沼市六日町）に泊まり、八日は見置《みおき（おけ）》（現、長岡市小国町）、九日は柏崎、十日

は柿崎、十一日に越後府中に着いた。道興や尭恵の通った道もこれと同じであった。白井を出てから、十二日目の府中到着である。

推定するに、宗祇が取った道もほぼ同じであったに違いない。かかった日数は道興や尭恵は特殊で、この集九のものが標準的だと思われるが、早めればこの半分ほどの日程で充分であろう。宗祇はおそらくは夏の内に旅立って、秋のはじめ頃には越後府中に着いたのではなかろうか。

越後府中

宗祇のこの時の訪問がどのようなものであったかも具体的には分からない。その痕跡らしきものが僅かに『萱草《わすれぐさ》』に収録された発句、詞書にあるのみである。その一つは、

①　越後の国にまかりし頃、あひ侍りし会に
朝霧のうす花薄風もなし

で、もう一つは、『萱草』に次のようにあるものの、後の句集『宇良葉《うらば》』に、「長尾下総守興行に」と詞書が換えられて再録された句である。

②　神無月の末つ方に
塞《せ》く水を氷に譲る朽葉かな

この両句がこの時の越後での発句と考えられてきた。先述したように『萱草』中の発句は話

題にしている関東下向時のものまでの作品であるからである。
①の句は「霧」と「花薄」という秋の季の詞が詠み込まれている。ただし、これらの景物は秋の三ヶ月にわたるものとされており、秋の句であることは分かるが、何月かまでは確定できない。「風もなし」には治世が治まっているという寓意があると思われる。関東下向の途次、駿河での今川義忠《よしただ》への挨拶句の「風を手にをむる」と同様の讃辞である。
この句には府中という地名も、上杉房定《ふささだ》を示す人名もないので、房定邸でのものとは考えにくいが、内容上は越後守護、房定を寿いだものと考えてよいのであろう。想像をたくましくすれば、この前後に宗祇は越後に帰国していた房定との面会を果たしたのではないかと思う。そうでなければ、越後まで足を伸ばす意味もなかった。後々まで深く縁を結んだ上杉房定との関係はここに始まったとしてよい。

応仁元年のこの房定への表敬といってもよい越後下向が単に、物見遊山であったとは考えにくい。都ではいよいよ懸念していた応仁の乱が始まっていた。そのこととの関わりもあったかも知れないし、後述するような信濃の不穏な気配ということも関係していたのかも知れない。

それはともかく、表向きは文事のためということではあったのであろう。上杉房定が文事に関心が深かったことは、先述したように府中への文人の来訪の多かったことでも分かる。房定は連歌も愛好した。その作品として発句二句が藤原房定朝臣の名で『新撰菟玖波集』に入集している。

②の句の「長尾下総守」は越後上杉氏の重臣で、房定の奉行をも勤めた長尾顕景《あきかげ》のことである。後に出家して宗證法師と名乗った。こちらも『新撰菟玖波集』に二句入集しており、『新撰菟玖波集作者部類』鶴岡本には「上杉内長尾下総守」、伝宗鑑本には「越後国長尾下総守」とある。宗祇のこの時の下向以後、門下となったのだと思われる。

宗祇越後下向の年の確認

ここまで、宗祇の第一回目の越後下向を応仁元年のこととして扱ってきた。実は、『萱草《わすれぐさ》』に見える二句が『萱草』の成立時期から宗祇の関東下向中のものであることは確かであっても、それが応仁元年であるかどうかは不明である。これが確定できないと宗祇の越後下向時期が分からないことになる。この点を少しわずらわしいが確認をしておきたい。

金子金治郎は『旅の詩人　宗祇と箱根』の中で、『萱草』には信濃での作品が二種類あり、これらと同時期とすることで宗祇越後下向を応仁元年のことと推測している。その推論を追って見ると次のようである。

まず、信濃での句の一つは『萱草』第四「冬連歌」に見える、

　信州にて沙汰し侍りし句の中に
いかでか寒き風を厭はん
朝ぼらけ昨日の雪を出でてみよ

の付合である。連歌句集の通例で付句が本人の句である。前句も宗祇の付句も冬の句であるが、これは百韻のうちの付合《つけあい》（平句《ひらく》）であり、当季を詠む必要はないから、一年の内のいつ頃詠まれたかは判断できない。ただし、詞書から「信州」での句ということは分かる。

もう一つは、同じ「冬連歌」中のものであるが、こちらは発句である。

　思ふ事侍る頃の会に、同じ心を
世にふるもさらに時雨の宿りかな

「同じ心」は前の発句と同じということで、ここでは「時雨」を詠んだということである。こちらは当季を詠むべき発句であるから冬の句である。もう少し厳密にいうと、「時雨」は十二月題では十月の景物であるから、十月の句ということになる。ただし、こちらの方はこの詞書だけからはこれがどこで詠まれたかは判断できない。

ところが、この発句は後に『新撰菟玖波集』第二十に、心敬《しんけい》の発句、

　応仁の頃、世の乱れ侍りし時、東《あづま》に下りてつかうまつりける
雲はなほ定めある世の時雨かな

が載せられている次に、「同じ頃、信濃に下りて時雨の発句に」という詞書が付されて収録された。『新撰菟玖波集』は宗祇の編纂でもあることから、これを信じれば、宗祇の句も信濃国での応仁の頃のものということになる。応仁のいつかに関しては、心敬の発句は、心敬句集『芝草内発句』中に「吾妻下向発句草」として年ごとに四季に分類された句群の第二年目の箇

所に見え、これによってこの句の詠まれた年が応仁二年と推定できる。心敬の関東下向は応仁元年であるからである。

応仁の十月は元年と二年しかない。「応仁の頃」とされる宗祇の句はそのどちらかということになるが、応仁二年の十月には、宗祇は『白河紀行』の旅で白河に赴いていたことが分かっている。信濃にいたとは考えられない。結局、宗祇の「世にふるも」の発句は応仁元年のこととなる。つまり、宗祇はこの年に越後に赴き、信濃国を経由して上野国に戻ってきた。

以上が金子の推論の骨子である。さらに、金子は「世にふるも」の句が後に、肖柏編の『自然斎発句』で、「東に下りし時庵室にて」という詞書を付して収録されていることを紹介し、その折にこの発句で連歌が巻かれたが、それについて、

発句は信濃で詠み、白井の草庵に帰って、上杉定昌ら城中の親しい人と巻いた一巻であったようにも想像される。

と述べている。このことを加味して繰り返せば、応仁元年、上野国の白井から三国峠を越え、越後府中へ、その後、信州を通り、再び自庵のあった白井に戻ったというのである。そして、その自庵で信濃での「世にふるも」を発句として連歌を巻いたとする。

金子のこの折の宗祇越後下向についての推論は旅の行程の概略としては妥当であると思う。ただし、問題となる点もある。その一つは金子の論中で前節で挙げた「神無月の末つ方に」とされた長尾下総守のもとでの発句を越後府中での句としている点である。このことは「時雨」

という景物の詠まれ方の問題に関わって疑問がある。

「時雨」は二条良基の『僻連抄』の発句の景物の中で、「十月」の題とされて以後、連歌において後々までそう捉えられてきた景物である。宗祇も『宗祇袖《そで》下』で同じように十月として掲出している。先にも挙げた『初学用捨抄』には、

　十月に至りては、木枯の風いとどしく立ちしきて、時雨し、雲の絶え間より山の方へ紅葉の遅れ先立ち散りくるをみては、

とあり、多くの和歌とともに時雨の歌も挙げ、引き続き、

　十一月に至りては、神無月の頃、散り尽くしける木の本に、朽葉残りたる霜のむら重なるに、月の影寒きを見ては、

と述べている。

発句に当季を詠むことは、単に季節を合わせればよいというのではなく、より厳密に時節を合致させせなければならないことであった。宗祇周辺の作とされる『連歌初心抄』には、

　発句をせんには、其日（「月」「月日」という異本ある）の景気を題として、雨露・霜雪・花鳥・風月に心を寄せて案ずべし。景気相違すれば、たとひ面白きふしある句なれども、当座よろしからず聞こえて興少なし。時節の景気を思ふべきこと、第一たらんとなり。

とある。

これらのことを考慮して、もう一度、前引の発句を検討すると、『宇良葉《うらば》』で詞書が「長尾

下総守興行に」と換えられた発句は、もともと『萱草』では「神無月の末つ方に」とあることから、これは十月末の句ということである。それに対して、信濃での句とされる「世にふるも」も「時雨」が詠まれていることからこれも明らかに十月の句である。歳を重ねた上にさらに時雨が降り加わり云々という句意を考えると、初時雨を詠んだとも思われるものである。たとえ、この句が十月の末の頃としても、越後府中に十月末にいた宗祇がどのようにして、同時期に信濃に足を入れることができるであろうか。

宗祇が応仁元年秋に越後府中、十月末に信濃に向かったとは考えにくい。前節では、越後での発句である可能性を示唆したものの、「神無月の末つ方に」の句をこの時の越後府中での句とすることは不自然ということになる。そもそも、越後から信州の国境である関川・野尻のあたりは日本でも有数の豪雪地帯である。雪に馴れない宗祇が、十月末に府中を出て、信濃へ抜けられたかどうかも疑問である。雪の降り積む前、十月に入る前にこの境を越えたとするのが常識的な気がする。

この句を越後府中での句とすると、宗祇はもう一度越後に赴いたとするしかない。しかし、そのような証拠はない。そうであると、解決法としては、前節で挙げた「神無月の末つ方に」とある句を越後での句としないことしかない。換えられた詞書の「長尾下総守興行に」は越後の、とはされていない。長尾下総守が応仁元年に越後府中にいたかどうかは不明で、関東において宗祇と出会ったとすることも可能なのだと思う。

両角倉一は先に引いた論考でその可能性を示唆し、
長尾下総守が白井に従軍していた可能性が無いわけではない。

と述べている。

これを越後府中の句としなければ、宗祇は秋の内に越後府中を出て、十月のはじめに信濃で「世にふるも」の発句詠み、十月中に上野国に戻り、この句をもう一度発句として連歌会を催した、ということで問題がなくなる。

ただし、金子が述べるようにそれが白井でのことかどうかは不明である。金子は宗祇の庵の一つが上野国白井にあったというがその確証はない。島津忠夫は『連歌師宗祇』の中で、宗祇の草庵が五十子《いかっこ》にあった可能性を指摘し、

宗祇はもっぱら五十子周辺で、白井長尾氏や総社長尾氏の景春や忠景と雅交をかさねていたのではなかろうかと考えられる。

としている。そうであれば、この第一回の越後への旅は、応仁元年夏に、五十子（現、埼玉県本庄市）を出立し、秋に越後府中に着き、冬十月初めに信濃、その月のうちに再び五十子へ戻って来た、ということになる。

信濃から上野へ

信濃から上野国へどのような道筋を辿ったかはまったく不明である。その道筋の推定は宗祇

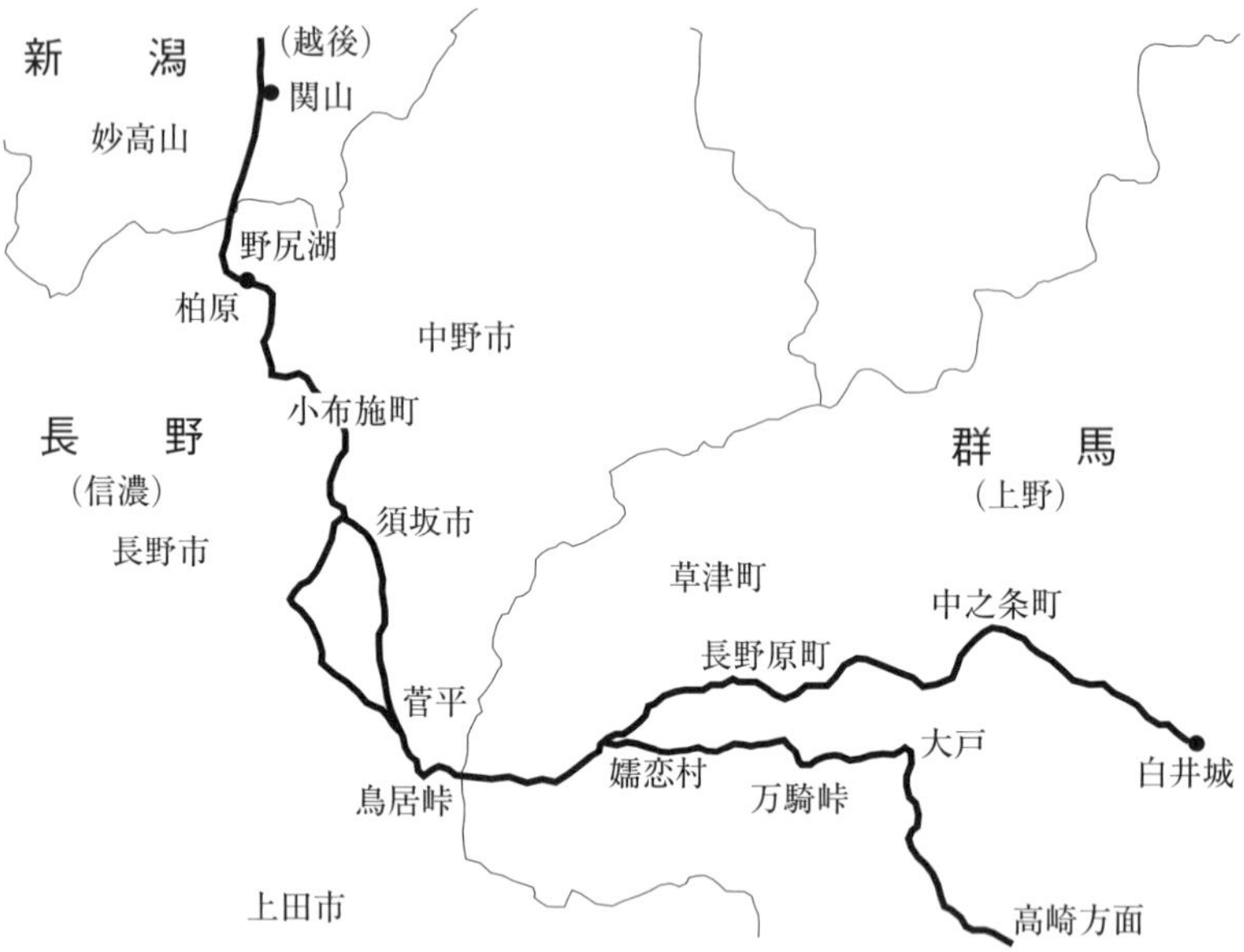

の草庵がどこにあり、宗祇が上野のどこに戻ろうとしていたかに絡んでくる。信濃から上野への道は大きく二通り考えられる。信濃北国街道を信濃追分まで進んでそこで中山道に入る方法と、現、須坂市から大笹《おおざさ》街道を行く方法である。大笹街道は菅平《すがだいら》を越えて、現、群馬県吾妻《あがつま》郡嬬恋《つまごい》村大笹に出る。この道については後にもう少し詳しく触れたいが、簡略化すると、その大笹からは、吾妻《あがつま》川の谷に沿って白井《しろい》城のあった現、渋川市白井に向かう道と鎌原《かんばら》から万騎《まんき》峠を越えて大戸《おおど》に至り、榛名山の西の麓を巡って高崎方面へ抜ける道の二手に分かれる。

金子金治郎は白井を重視する立場から、吾妻渓谷沿いの道を下ったと考えているようである。しかし、島津忠夫のいうように宗祇の庵が五十子《いかっこ》にあったとすれば、大戸へと進んだ方が理屈に合う。この道は後に『宗祇終焉記』の旅で宗祇が歩みを進めたと思われる道の一部である。

吾妻渓谷沿いの道は尭恵が『北国紀行』で草津に立ち寄った時に通った道でもあった。尭恵の旅については越後から白井までを先に簡単に触れた。その後、尭恵は草津温泉に向かったのである。白井城で文明十八年（一四八六）九月十三日に後《のち》の名月を愛でる続歌《つぎうた》の会に参加していることは先述した。その後、出立するので、白井（写真8）を出たのは早くとも十四日ということになる。草津には十四日間滞在し、その後に伊香保温泉に向かい、そこでも七日間滞在した。伊香保の山を下りて、その南麓の長野の陣所（現、高崎市）に着いたのは十月二十余日だという。

写真8　白井宿跡の尭恵歌碑

長野の陣所に着いた十月二十余日になる前の二十一日間が草津と伊香保での滞在日数であるから、それを差し引き、白井から草津まで数日、草津から伊香保まで数日、伊香保から長野の陣所までを一日とすると、白井を九月二十日くらいに出立すれば計算が合うが、所々での滞在を長くするともう少し早く白井を出立したのかも知れない。

日にちはともかく、辿った道は『北国紀行』には次のように描写されている。白井から草津、伊香保への道である。

写真9　前方崖上に白井城跡、利根川に合流する直前の吾妻川

これより桟道《さんだう》を伝ひて草津の温泉に二七日《ふたなのか》侍りて、詞も続かぬ愚作などをし、鎮守明神に奉納し、また山中を経て、伊香保の出湯に移りぬ。

「二七日」は十四日間である。記述が簡単過ぎるきらいがあるが、「桟道を伝ひて」とあるところは注目しておきたい。白井は利根川に吾妻川が流れ込む三角洲（写真9）に位置するが、草津へはその吾妻川の下流にある白井側（写真10）から行くと川筋を遡ることになる。景勝地、吾妻渓谷の手前まではある程度、川の周辺が開けているが、その渓谷にかかると川の両岸に岩山が切り立っている。現在は山肌を削って国道一四五号線が通じ、JR線の吾妻線が通っているが、この道が出来る前は川に沿っては歩きがたい道であった。特に道陸神《どうろくじん》峠と呼ばれた難所が厳しく、岸壁を削って谷の上を道が作られていた。この崖が開削され人が安全に通れるようになったのは明治二十八年（一八九五）のことだという。

したがって、白井からちょうど中間ほどの中之条からは北側の山に入って、沢渡《さわんど》温泉へ向かい、大正期に若山牧水が通ったことで名が知られるようになった暮坂《くれさか》峠を越えて草津へ行くのが一般であった。尭恵は「桟道を伝ひて」としていることから、吾妻渓谷沿いを進んだのであろうか。そうであれば、現在の吾妻線長野原駅を越えたあたりから草津の山へ登ったことになろう。

宗祇が信濃から上野国へ戻る時に吾妻川沿いの道をそのまま白井へ抜けたとすれば、草津に寄らない限りは、この桟道を通った可能性がある。昭和二十七年（一九五二）に最初の計画が持ち上がり、それ以来、強行派と反対派の闘争が繰り広げられ、いまだに決着がつかない八ッ場《やんば》ダムは、この渓谷に予定されているダムで、それは尭恵が、もしかすると宗祇も、吾妻川の流れを足下に見て恐怖におののきながら通った桟道のあたりに計画されている。

写真10　白井宿にある草津への道標

ここまで述べてきたように、宗祇のはじめての越後下向は不明な点が多く、以後の宗祇の越後下向に比較すると日程的にも少し慌ただしいものでもあったようである。しかし、五十子もしくは白井で会うことができなかった上杉房定との面識を得るための旅であればこれで充分であったのだと思われる。その目的は後の房定との交流をみると達せられたと言えるのであろう。

なお、金子は『旅の詩人　宗祇と箱根』の中で、「世にふるも」の発句の詞書、「思ふ事侍る頃の会に」の「思ふ事」を応仁の乱と結びつけて、大乱突入を歎くものであることはいうまでない。

と述べている。『新撰菟玖波集』第二十に入れられた時のこの句の前の心敬《しんけい》の句、そこにある詞書「応仁の頃、世の乱れ侍りし時東に下りてつかうまつりける」は明らかに応仁の乱のことを言っているが、宗祇の『萱草《わすれぐさ》』に見える「思ふ事」をそのように取ってよいかどうかは考慮すべき余地がある。この発句は信濃でのその土地の人々との会でのもので、この詞書もそれに沿って受け取るべきだと思う。その会で漂っていた連衆の思いは遠くの都のことよりは身近な信濃のことだったのではなかったろうか。

信濃も関東と同様、守護家の内紛が起こっていた。応仁元年（一四六七）七月十五日に伊那（現、伊那市）の小笠原政貞《まささだ》が守護、小笠原宗清《むねきよ》がいる信濃府中（現、松本市）に攻めこむなど戦乱の世に入りつつあった。宗祇が通過した可能性もある北国街道の海野《うんの》（現、東御市）地方（途中から菅平に向えばここは通過していない）では応仁元年十月十八日に海野氏幸《うじゆき》が村上頼清《よりきよ》に攻められて敗死するなど、この地方の有力国人であった村上氏と海野氏が激突していた。このような信濃、特に東信地方の状況が宗祇に暗い影を投げかけていたと考えた方が実情に合っていると思われる。

先述したように上杉房定は当時、この地方の掌握に乗り出していた。宗祇の信濃遊歴が越後で面識を得た房定の何かしらの依頼を受けてのものとも推測するのは考えすぎであろうか。そうであれば「思ふ事」の内容は単に憂愁などということではなく複雑な背景を持つことになる。宗祇の最初の越後訪問はこのような思いの中で終わった。

尭恵の府中来訪

応仁元年（一四六七）、宗祇が越後府中を訪れた時より、ちょうど一年前、歌僧、尭恵が府中を訪れている。先に、尭恵の『北国紀行』の旅の府中から上野国白井への道程を紹介したが、その訪問は二度目であった。それより二十年ほど前にも尭恵は府中を訪れているのである。

その時の旅は善光寺詣でを目的としたもので、府中には善光寺への参詣の往復に立ち寄っている。この旅の記録は『善光寺紀行』として残された。宗祇の訪れた当時の府中の様子を知る参考として、この紀行にも少し触れておきたい。

写真11　白山七社の一つ金剱宮

尭恵は寛正六年（一四六五）七月上旬に加賀国白山《はくさん》比咩《ひめ》神社（現、石川県白山市三宮町）の白山七社の一つ金剱宮《つるぎのみや》（写真11）を旅立った。尭恵はこの神宮寺に縁があったらしい。『善光寺紀行』のはじめに、

> 寛正六年七月上旬のはじめつ方、年頃誓願し侍りし善光寺へ思ひ立ちぬ。金剱宮より羈旅に赴き出で、

と記されている。

その後、越中の海岸を辿り、七夕の夜は「歌の浜」で歌を詠み、糸魚川河口あたりに宿を取っている。翌日、府中

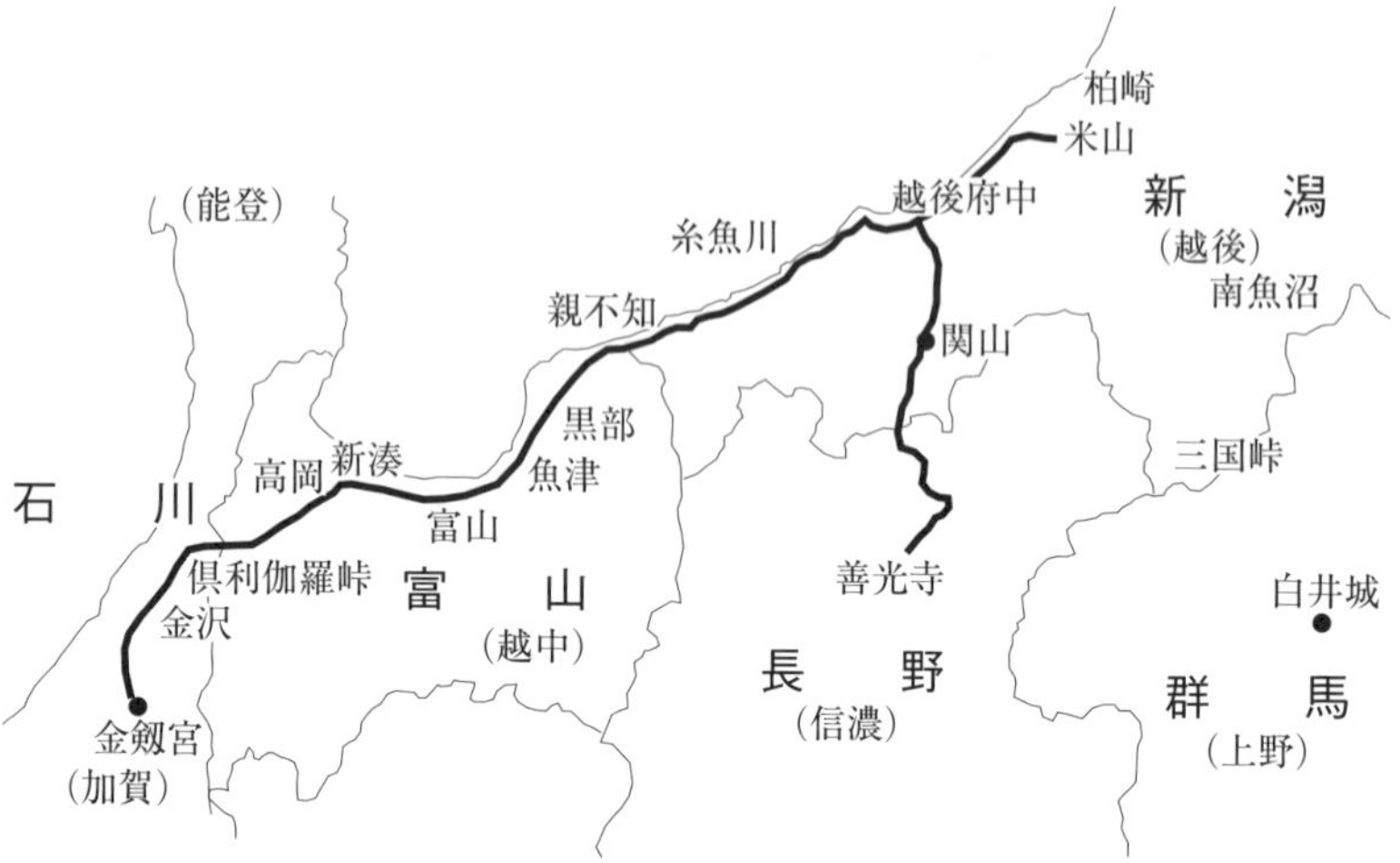

を経過し、その日の内に米山《よねやま》（ただし、原文は「朱山」。朱山という土地・社寺は見当たらないので、「米山」の誤写とされている）まで行ったとする。翌日、その米山を発ち、「花笠の里」まで戻ってくる。信濃への分岐点である。そこから善光寺までの道筋の途中、尭恵は「関の山（関山）」に泊まっている。『善光寺紀行』にはその経過、様子が次のように記されている。

明くれば八日になり侍りき。御縁日にまかせて、米山《朱》へこころざしぬ。はるばるとよじ登りて、絶頂より瞻望《せんばう》するに、煙水茫々《ばうばう》として、山また天涯に連なる。

雲の端の消ゆれば山も重なれる波の千里に
秋風ぞ吹く

漸くよろこぼひ下り侍るに、雲の底に蕭寺の鐘の声埋もれ消えて、夕の雨もいと身にしみかへり、うち払ひ行く袖もしほたるれば、漸く麓の旅館に蘇息し侍れども、明くる夜の空さへ残

雨なほ暗うして、また立ち出で侍る道に、花笠の里と云ふ幽村あり。愚暗の慰めがたきあまりに、

　鶯の声も聞こえぬ秋の雨にしほれぞきぬる花笠の里

限りなき行方の隔てに聞こえし関の山もこれならんと分け入りて、昔、西塔に侍りし快芸法師に逢ひぬ。

「米山」は柿崎と柏崎の間の標高九九八メートルほどの山で、米山薬師で知られ、南側の山麓には別当寺である米山寺《べいさんじ》密蔵院（写真12）がある。北麓は海岸段丘（写真13）が発達し、海に向

写真12　米山寺密蔵院

写真13　米山から日本海に落ち込む海岸段丘、米山は左方面

かって数条の谷が刻まれており北国街道の難所の一つであった。「絶頂より瞻望するに、煙水茫々として、山また天涯に連なる」という描写はこの米山の立地をよく示している。「瞻望」は見渡すという意である。「雲の底に」籠もる、鐘を打つ蕭寺というのは密蔵院であろうか。「蕭寺」はもの寂しい風情の寺の意である。

「花笠の里」は現在の直江津の花ヶ崎と考えられている。関川河口付近保倉川北岸、直江津港のある辺りで、府中の対岸に当たる（写真1）。柿崎への道と信濃国への道が分岐する交通の要衝であった。宗祇も第一回の越後訪問ではこのような風情の米山近辺、「花笠の里」の辺りを通って府中に入ったと思われる。

この記述には日付が明記されていないので、不明確な点があるが、「明くる」という言葉に頼れば、七日、糸魚川泊、八日、米山泊、九日、関山泊ということになる。現在の道で辿れば、糸魚川から米山付近まで七十三キロメートル余り、米山付近から花ヶ崎を通って関山神社までは四十五、六キロメートルで、どちらも一日の行程としては長すぎる。米山では「絶頂」まで「はるばるとよじ登」ったとあり、これにも時間を費やしたはずである。「歌の浜」と七夕、米山と「縁日」を合致させるための虚構があると見なした方がよいかも知れない。

そのことはともかく、道筋はそのようなものであったと信じてよいのであろう。

「関の山」は現在の妙高市関山、北国街道にある妙高山の登山口で、関山三所権現（現、関山神社）（写真14）があり、その別当寺宝蔵院（写真20）があった。快芸法師はその寺に関係していた僧であろうか。かつて「西塔」にいたという。「西塔」は比叡山延暦寺三塔の一つである。関山三所権現は加賀白山信仰圏に属しており、白山に縁のあった尭恵が善光寺への途中に関山に立ち寄ることは予定の内であったと思われる。

宗祇も第二回目の越後訪問の折にはこの関山を訪れ、連歌を巻いている。初編本『老葉』にその発句が残されている。このことの詳細は第二章で触れることにしたい。

尭恵は無事に善光寺参拝を終え、途中、再び関山の快芸法師に宿を借り府中へ戻ってくる。『善光寺紀行』には、

写真14　関山神社

十六日に、また快芸の山室に泊まりぬ。あるじの志もうち置きざまならず、いよいよ懇ろに見え侍りければ、

木のもとの露の情けも干さぬ間に同じ宿借る旅衣かな

十七日の夜の泊まり、府中の海岸になれり。海士《あま》の苫屋《とまや》のあばらなる月、隈《くま》なくさし上りぬ。五更の西の空移ろふ末は、古郷の空やかかりきと思ひ送りて、

契りおけ同じ越路の末の露月も宿れる草の枕に

とある。日程のことに言及すれば、十六日に関山、十七日

に府中ということになり、これは一般的な行程だと思われる。

府中のどこに宿を取ったかが、宗祇のことに思いを馳せても気になるが、先のように、ただ「府中の海岸」「海士の苫屋」とあるだけである。「苫屋」は菅や萱などで屋根を葺いた粗末な家屋ということである。「花笠（花ヶ崎）」ではなく、今度は府中の中、ただし、海岸に近い漁師の粗末な小屋に泊まったということなのであろう。どれほど粗末であったかは分からないが、虚構もあると思われる。

ここに何泊したかは分からない。引き続いて、
雲霧を分けて、越中東北の海陸まですらひ移りき。

二十一日にはことに蒼穹高く晴れて、暁より起き行く。路のあるにぞ任せ侍りぬ。早槻《はやつき》川はいづくぞと云ふに、言ひ明らむる人もなくてやみぬ。今、この所を問ふに大河と見えし河原ありて、水細く海中に流れ落ちて、残る月あはれに沈む。

とあり、二十一日まで滞在したかに見えるが、どうであったであろうか。「早槻川」は今の早月川と思われる。この川は魚津《うおづ》市と滑川《なめりがわ》市の境を流れる川で、府中からは百キロメートルほどの距離があり、府中から一日では無理であろう。

このような点には不審もあるが、府中の様子は当時を彷彿とさせる。海岸から少し内陸に入った守護所のあたりは家屋が建ち並んでいたであろうが、海岸付近は家もまばらな漁村であったのであろうか。

兗恵はこの後、少なくとも二度ほど、越後府中を訪れている。ただし、それらはこの時より二十年ほど後のことになる。特に『北国紀行』の旅は記載が幾分詳細なので、宗祇の越後訪問の時期に合わせて、それは取り上げることとする。

帰京

宗祇のこの折の旅は、ほぼ六年間の関東を中心とした生活を切り上げて、上京の途についたことで終わりを遂げる。文明四年（一四七二）十月六日には遠江国浜名湖東岸の国人領主、堀江駿河守入道賢重《かたしげ》のもとで、重賢との両吟「山何百韻《やまなに》」を巻いており、その後、美濃に入り、十月二十六日には革手《かわて》の正法寺で、下向中の聖護院道興らとの「何路百韻《なにみち》」に参加した。道興は先に越後府中から三国峠を旅した一人として、紹介した道興である。この作品の端作《はしづくり》には、

濃州革手正法寺に於いて聖護院殿御下向の時

とあり、太田家蔵「連歌書」には「聖護院、御下向の時、濃州革手正法寺」とある。革手城は現在の岐阜市下川手にあった。

また、一条兼良《かねよし》も文明五年五月に下向、紀行『藤河の記』には次のように記されており、これによって正法寺の様子も知ることができる。妙椿のもとへはさまざまな貴顕・文人が赴いていたらしく、文明五年三月には飛鳥井雅親（栄雅）が下向し、『蹴鞠条々口伝』を革手城で妙椿に伝授していることも指摘されている（山本啓介「中世における和歌と蹴鞠—伝授書と作法—」）。

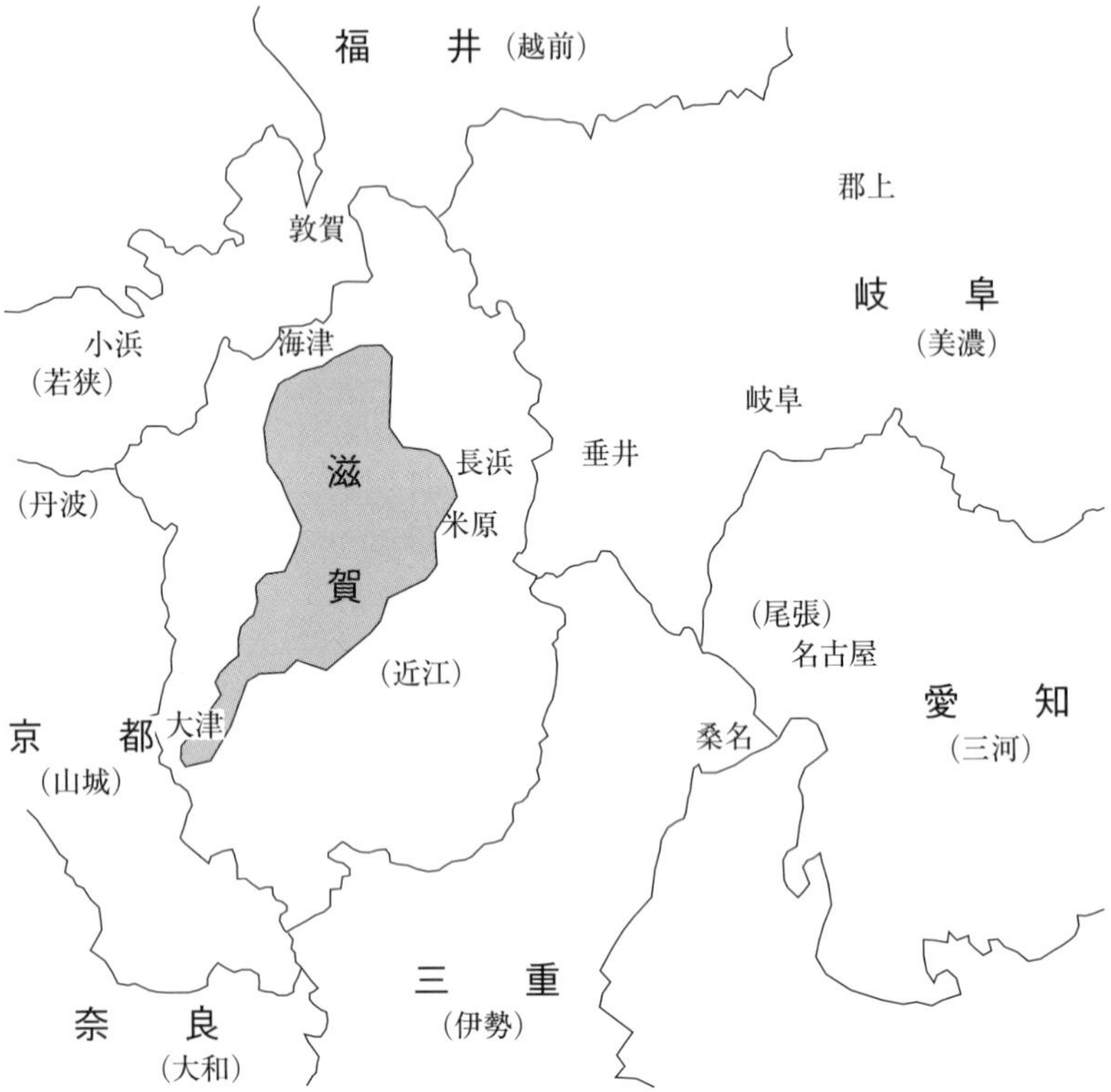

八日、正法寺に移る。この寺は禅刹の諸山なり。由良門徒にて、山号を霊薬山といへり。国中最初の禅林なり。傍らに新造の一寮あるを休所に構へて移り住ましむ。（略）
九日、歌の披講あり。
十日、連歌百韻あり。
十一日、正法寺の向かひに城を築き、池を深くして、軍塁の構へをなせり。すなはち舟を浮かべて堀の内に至る。僧都、常に居る庵あり。山居の住まひを学び、後園などあり。

宗祇が訪れた半年後のことで、美濃には兼良の正室や息子・息女が乱を避けて滞在していた。正法寺は宿泊所の役割をもった禅寺であったと思われ、兼良はここで歌会・連歌会などを催している。「新造」とあるから、宗祇が訪れた時にはまだこの建物はなかったかも知れない。道興はこの正法寺境内の一角に滞在したのであろう。因みに『藤河の記』に見える僧都は斎藤妙《みよう》椿《ちん》のことである。革手城内の庵に住むと記されている。

十月二十六日の「何路百韻」は、道興歓待のために、この地に居を定めていた専順が主催したものであったと思われる。専順は宗砌没後に宗祇が師と仰いでいた連歌師で、関東下向前、宗祇は専順を中心とした連歌会にたびたび参加している。ただし、『藤河の記』に記された翌年五月十日の連歌百韻に専順が関わっていたかどうかは分からない。

この専順がいつ、どのような理由で美濃国に下向したかは不明であるが、応仁の乱後の秩序回復に関わる使者の役割があったのかも知れない。専順は『梅庵古筆伝』に「文明八年三月廿日死。六十六歳」とあることから、応永十八年（一四一一）生まれと考えられ、当時、六十二歳であった。以後、客死するまで革手城下の草庵、春楊坊に居住して、この周辺で活動した。

革手城は美濃国守護、土岐氏の居城であるが、留守を守護代、斎藤氏が守っていた。当時、守護、土岐成頼《なりより》は在京しており、実質的な美濃の支配は守護代、斎藤妙椿の手に移っていた。妙椿は戦国大名化し、近江・美濃に勢力を伸ばし、応仁の乱では西軍側につき美濃勢力圏内の東軍側に打撃を与えていた。将軍、足利義政が実子の義尚《よしひさ》誕生まで後継に指名していた義政の弟の義視《よしみ》は成り行き上、西軍に荷担しており、それを廃そうとする義政との間に確執が生じていた。妙椿はその義視にも頼りにされていたようで、『大乗院寺社雑事記』文明十二年（一四八〇）二月二十日の条には、

京都より音信《いんしん》。十五日、石左衛門、美濃《三乃》国より罷り上る。持是院法印、腫物以ての外の事なり。大略入滅か。満七十歳なり。今出川殿、御迷惑なり。土岐幷びに美濃《三乃》国一国これを背き奉ると云々。当国に入御有るべしと云々。

とある。妙椿（持是院）の危篤を聞いて今出川殿（義視）が当惑し、美濃が自分に背くのではないかと心配した、というのである。

このような立場にいた妙椿と専順がどのように関わったのかは不明である。また、関東では東軍側の武将と縁の深かった宗祇が都への帰国時に、ここを訪れるというのはどのような事情があったのかも分からない。ただ、専順の方はこの数年後に、不審な死を遂げたらしく、それには複雑な政治事情が絡んでいた可能性はある。この事実を伝える『大乗院寺社雑事記』文明八年（一四七六）四月二日条は、

六角堂柳本坊専順法眼、去る月廿日、美濃《三乃》国に於いて□□らる。連歌名人なり。不憫《便》の事也。持是院□□《扶持カ》を加ふる□。

とある。「□□らる」という肝心の箇所が欠損により読めないが、伊地知鉄男『宗祇』ではそ

こに「殺害」を当て次のように推察している。

恐らく斎藤妙椿の敵東軍一派のために殺害されたものであつたらう。（大乗院寺社雑事記・親元卿記）当時土岐成頼、斎藤妙椿は都の西軍に呼応して近江の六角高頼を援助して、東軍の京極政経、延暦寺僧徒等と合戦していたが、その妙椿に扶持されてゐた専順はその一派のためか、義政の命によつてその背後を衝いた信濃の小笠原一族のため（親長卿記・長興宿禰記）あへない最後を遂げたものであつたらう。

このようなことがあったのかどうか。そうであれば専順の美濃常住は政治的な絡みの中でなされていたこととなる。

それに対して宗祇の方はどうであったであろう。宗祇の美濃訪問のことに話を戻すと、これについて金子金治郎は『旅の詩人　宗祇と箱根』の中で、「古今伝授（受）」の師である東常縁《とうのつねより》との関係を推測して、次のように述べている。

この妙椿には、応仁二年郡上の東家の領地を奪ったが、常縁の愁訴の歌に感じて返還したという歌道の佳話（『鎌倉大草子』）もある。

宗祇美濃着の目的は、専順との連絡にあったと思うが、もちろん庇護者斎藤妙椿に敬意を表わすことも重要であったはずである。郡上の東家所領問題は、文明元年には解決しているが、師常縁のためにも、妙椿への敬意は当然であったろう。

理由はさまざまに考えられるが、宗祇は、この十月二十六日の百韻の後、十二月十六日から二十一日まで、六日かけて催された『美濃千句』にも参加しており（平野追加は二十六日）、そのまま美濃で年を越したと思われる。十月二十余日からかなり長い逗留であった。

『美濃千句』は天理大学図書館蔵本の端作に「濃州革手於いて春楊坊主」とあって、専順の庵、春楊坊での興行であった。専順・宗祇に紹永《じょうえい》ら専順の弟子、連歌愛好の土岐氏被官・僧侶らによるものである。師と膝を接して、久しぶりの心置きない会であったと思われる。

この後、宗祇は岐阜から北上して郡上を訪れた。歌道の師である東常縁は、関東動乱に関わって長く伊豆にあって堀越公方《ほりごえくぼう》を守り、晴れて下野守の官途を得、居城のある郡上《ぐじょう》に帰国していた。宗祇の郡上訪問は、その祝辞を述べる目的があったと思われる。初編本『老葉《わくらば》』には、

東下野守《とうの》の山下にて、春の発句に、祝の心を

花の経ん千代は八峰の椿かな

という句が載せられている。「山下」は城のある山の下の意で、郡上八幡城は小高い山の上にあり、常の居館はその山の下にあった。おそらく、宗祇は郡上で文明五年の正月を迎えたのであろう。

もっとも、目的は祝いだけではなかったらしい。宗祇は四月十八日に「古今伝授（受）」の最終奥義を与えられており、この四ヶ月余の郡上滞在の主たる目的はそこにもあった。

この「古今伝授（受）」に関しては、金子が前引書で、それを受けるのに際して、莫大な費えを必要としたであろうとし、次のように述べている。

文明三年から三年がかりの「古今集両度聞書」の受講であった。その間、常縁に対する謝礼は、おそらく莫大であったと思う。関東の諸将、特に長尾家の援助を考えずにはいられないのである。

具体的に宗祇が関東の諸将からどれほどの金銭を贈与されていたかは分からない。ただ、宗祇の関東・越後などへの下向は、文事の他、政治的な事柄に関わるだけでなく、経済的な支援に繋がるようなものでもあったに違いない。それはまた、宗祇一個人の利益というだけではなく、都の公家らの期待を背負ってのものでもあったと思われる。

宗祇の方はその期待に応えることで、都の貴顕との縁を強化することができた。関東から帰京直後のことで言えば、文明五年十月八日には、宗祇は奈良の興福寺成就院を訪れ、連歌会に参加、五百疋を一条兼良に進上していることが『大乗院寺社雑事記』に見える。五百疋がどのくらいの金額であるかはむずかしいが、現在で言えば三十万円を超えると思われる。

宗祇が最終的に都へ戻ったのがいつかは不明である。文明五年四月十八日には郡上、その後その地を去って秋には都へ戻ったのであろう。それから間もなく、宗祇は関東で庇護を受けた長尾景信《かげのぶ》の死を知ることとなる。同年六月二十三日、六十一歳、五十子《いかっこ》の陣での死であった。『宗祇集』にはその時の悲しみを詠んだ歌が収録されている。

　東《あづま》に侍りし頃、頼む陰とも思ひし人、患ひしかば、その氏神に祈りなどし侍りし。その帰るさに、むなしく身まかりけるよしを聞きて

昨日まで千世もと祈る人をしも仏に頼む道ぞ悲しき

金子は前引書の中で、景信の死を知って宗祇が白井《しろい》城へと駆けつける、と述べているが、それは不可能だと思われる。「その帰るさに」は氏神から帰る途中に、ということであろう。氏神がどの神社をいうのか不明であるが、死を知ったのは、六月二十三日からひと月ほどは経っていたであろうから、その時は既に都に戻っていたのではなかろうか。

いずれにせよ、十月八日は奈良の兼良を訪ねていることから、その前には帰京を果たしていたことになる。その後は種々の文事に邁進するが、その間、奈良へ頻繁に通って、一条兼良との交流を深めている。そのような宗祇が再び美濃を訪れたのは文明八年（一四七六）三月のことであった。六日に始まった（八日までか）専順の発句による『表佐《おさ》千句』に加わっている。

「表佐」は現、岐阜県不破郡垂井《たるい》町表佐である。垂井町は岐阜の中心と琵琶湖湖岸の長浜の中間、都からは関ヶ原を越えたあたりで、中山道と美濃路の分岐点である。文和二年（一三五三）には南朝方に敗れた足利義詮《よしあきら》が後光厳天皇を奉じて、この地に行宮を設けたことがある。『表佐千句』はそのような地の阿弥陀寺という時宗の寺での興行で、川瀬俊重《とししげ》の主催によると伝えられている。この直後、三月二十日、先述したように専順は不慮の死を遂げる。宗祇がこの地にいつまで滞在していた不明であるが、四月二十三日の都での連歌会に出座しており、専順の死の直前には美濃を立ち去っていたのであろう。

このようなことを見てくると宗祇は美濃国と深い関わりがあったことが分かる。それは人物で言えば斎藤氏であり、東氏でもあった。宗祇は『宗祇終焉記』の旅で越後府中を旅立つ時、「美濃に知る人ありて、残る齢の陰隠し所にもと、たびたびふりはへたる文あり」と述べたという。それは誰を意識していたのであろうか。その時には専順も斎藤妙椿も東常縁も没していた。

第二章　北陸街道を行く（第二回）

一条兼良の意向

関東から上京してからの宗祇は着実に連歌師としての地位を高めていった。それは文人としての充実とともに、関東・越後の有力者らとの親交が寄与したこともあったかと思われる。このような宗祇がまた越後を訪れるのは必然のことであったのであろう。宗祇は文明十年（一四七八）春が終わろうとする頃に都を出て、再び越後に向かった。

『大乗院寺社雑事記』文明十年三月十五日の条に、尋尊《じんそん》のもとに次のような宗祇の書状が届いたことが記録されている。

宗祇方より書状到来。禅閤、御在所定め候条珍重なり。但し御在京の今分は得べからざるなり。又御下向有るべくも外聞実儀然るべからざる事なり。珍事の旨これを申し給ふ。予の方より調法すべきの由これを申し給ふ。宗祇の心を一分なりとも公方に持ち申したきの由これを申し給ふ。近日ふと越後国へ宗祇下向すべしと云々。

「禅閤」は一条兼良《かねよし》のことで、兼良が現在、生活に困窮し、地方に下向して生活をみてもらわざるを得なくなりそうなこと、将軍、足利義尚《よしひさ》は自分の十分の一も、兼良を気にかけてくれない、と宗祇が、大乗院尋尊に歎いてきたというのである。尋尊は兼良の息である。

このような内容に引き続いて、宗祇は「ふと」思い立って越後へ下ることにした、という。こう文脈を辿ってくると、宗祇のこのたびの越後下向が一条兼良の困窮と関わっていないとは考えにくい。当然、宗祇は兼良の意を受けてか、忖度してか、越後上杉氏のもとに向かったのであろう。上杉房定は当時ますますその力を強めていた。

都を離れざるを得ないと思った兼良の方はどうしたかというと、この一年半後、越後ではなく、その途中の越前朝倉氏にしばらく身を寄せることになった。壬生晴富《みぶはるとみ》は日記『晴富宿祢記《はるとみすくねき》』の文明十一年八月二十三日の条に兼良の下向について次のように歎いている。

一条殿禅閤、越前国朝倉館へ御下向。今日御進発。冷泉亜相為富卿等扈従と云々。御窮困《究》御侘ぶ事故なり。諸家零《令》落の姿、或は朝倉を憑み越州へ下り、或は持是院を憑み濃州へ下向す。一旦の潤沢に依り、末代の恥辱を招く、歎き存るの処、今、摂家の大老、才識の誉を兼備して公武皆尊敬の処、此の如き御進退、以て外の次第歟《か》。言ふ莫《な》かれ、言ふ莫かれ。

ここに見える「持是院」は斎藤妙椿《みょうちん》である。公家の多くが生活に困窮して、越前の朝倉氏や美濃の妙椿を頼って下向していく。一時はよいかも知れないが、末代の恥辱となると思っていると、今度は大老で、公家からも武家からも尊敬されている一条兼良までもが朝倉氏のもとに下向するという。嘆かわしいことである、というのである。

斎藤妙椿のもとにかつて兼良自身も妻子も庇護されていたことは第一章で触れた。その時の兼良の美濃下向は文明五年五月八日のことであった。それより半年ほど前に宗祇が関東から上京する途中、美濃に立ち寄っていたことも述べた。

その時に、敵側の武将である妙椿のもとを訪ねたのも、兼良のことに関する下工作であった可能性が想像できるが、その折のことはともかく、今度の宗祇の越後下向は明らかに兼良に関わるのであろう。それは後に述べるように、宗祇が越後への途中で、兼良が下向することになる越前朝倉氏を訪ねていることからも想像できる。

宗祇がいつ都を旅立ったかは、『大乗院寺社雑事記』文明十年三月二十六日の条に、

随心院殿の書状到来。宗祇四、五日以前越後に下向と云々。随心院殿、二十八日に下向すべしと云々。

とあることにより、先の書状の後、間もなく、三月二十日頃に旅立ったことが分かる。この記録に見える「随心院」は山城東寺随心院巌宝で、兼良の息、尋尊の弟である。この巌宝の下向のことに関しては二十八日の条に、

随心院殿越後国に下向云々。白鳥庄の事に就きてなり。

とあり、越後の荘園、白鳥庄に関わって越後に下向したことが分かる。地方の荘園経営が都の公家らの意のままにならなくなっていた時代であったのである。

そもそも宗祇の下向が逐一、書状によって貴顕である尋尊に知らされていること、それが『大乗院寺社雑事記』に記録されているのは、父、兼良のことに関わるからなのであろう。

北陸街道を行く

宗祇はこのような期待を受けて京を出立した。この時には宗長を伴っている。宗長が文正元年（一四六六）、宗祇関東下向の途次に宗祇と出会い、師事するようになったことは第一章で述べた。今回の旅も紀行が記されていないので、その詳細はよく分からない。初編本『老葉《わくらば》』などによって、いくぶん様子が知られるのみで、道筋も含めて詳細は不明であるが、恐らく、北陸路を往復したらしい。伊地知鉄男は『宗祇』で、

この（文明十年）三月二十日過ぎ、進発した宗祇は越前・加賀・越中を経て越後に赴いたものらしい。

とし、さらに、

（文明十一年）二月末には越後を発足して帰洛の途につき、三月には越前に入国している。

としている。

文明十年四月十八日には宗長に『百人一首注』を書き与えているが、これは越前でのことら

しい。書陵部蔵鷹司本の奥書には、

此の度、北路の旅行にあひ伴ひ、有乳《あらち》山の露を払ひ、老の坂の袖を引く心ざし切にして、しかも此の和歌の心を尋ね給ひ侍れば、辞《いな》みがたう侍りて、ほのぼの記し侍るものなり。

とあり、これをそのまま受け取れば、宗祇らは有乳山を辿って越前へ入ったと思われる。有乳山は、現、滋賀県高島郡と福井県敦賀市の境にある山々のことで、琵琶湖北岸の海津から敦賀へ抜ける「七里半越え」と呼ばれる峠のあたりをいう。かつて愛発《あらち》の関が置かれた、京都と北陸地方を結ぶ主要な街道沿いにあった。

当時、京から日本海側を通って越後へ向かうには幾つかの道があったが、第一章でも引いた同時代の紀行である『廻国雑記』には、京を出るあたりが次のように記されている。

同（文明十八年六月）早朝に、長谷《ながたに》の蓬蓽《ほうひつ》を立ち出でて大原越えに赴けり。（略）今宵は朽木《くつき》に泊まりて、いつしか古郷も遠ざかりて、われ人心細く侍れば、

憂き世をばわたり捨てても山川や朽木の橋に行きかかりつつ

これより若狭国小浜にいたる。

「長谷」は現、京都市左京区岩倉長谷町で、「蓬蓽」は自宅の意である。「大原」は比叡山の北西麓、高野川上流の大原盆地である。現在、天台宗三門跡の一つ梶井門跡の寺院である三千院がある。『廻国雑記』の旅より少し前、応仁の乱で焼失した船岡山にあった梶井門跡の本拠がこの地に移転してきていた。ここから比良山地の西山腹を通り、朽木・保坂へ抜けて行くの

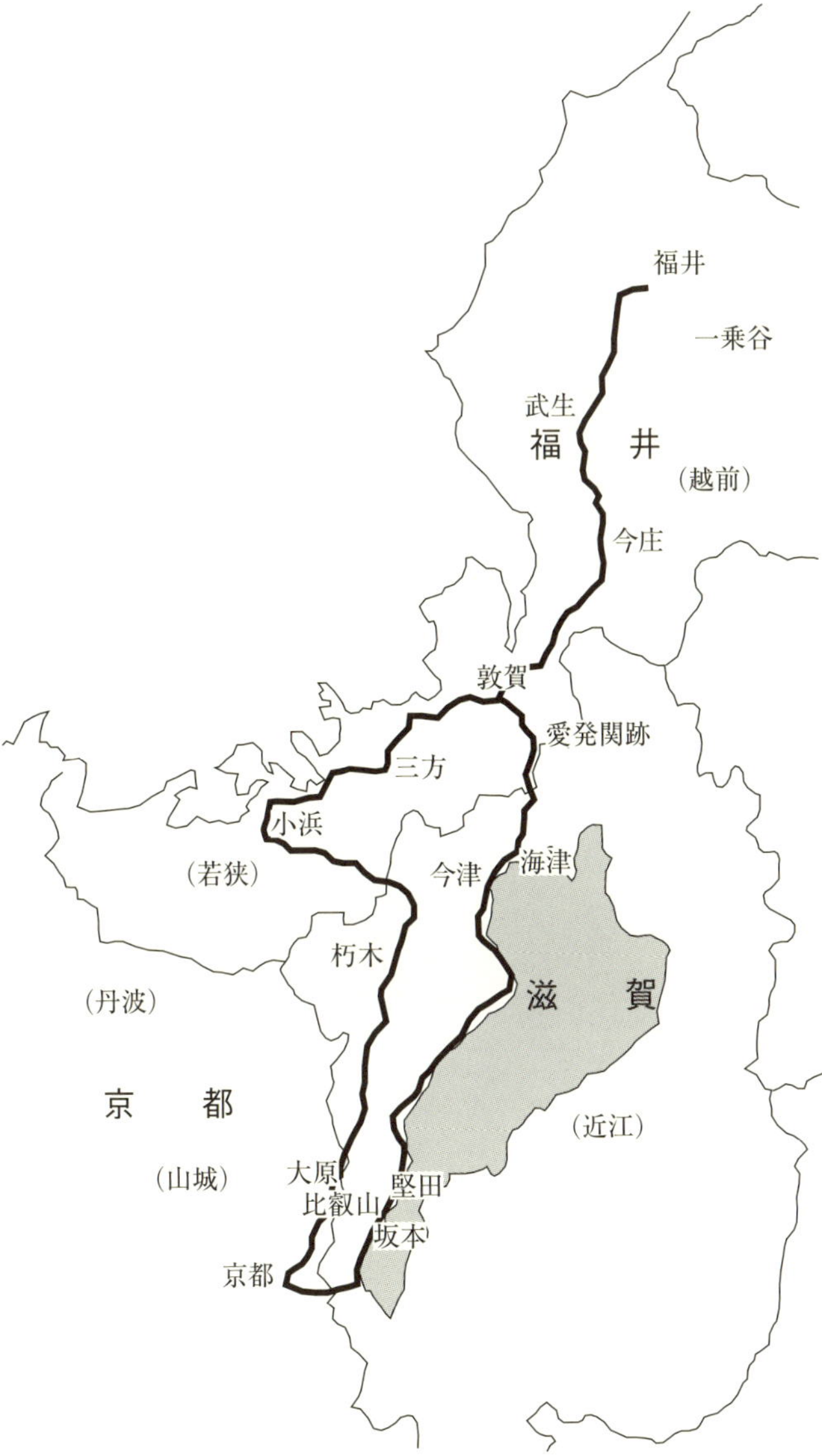
福井
一乗谷
武生
福　井
（越前）
今庄
敦賀
愛発関跡
三方
小浜
（若狭）
今津
海津
朽木
滋　賀
（丹波）
京　都
（近江）
（山城）
大原
比叡山
堅田
坂本
京都

写真15　今津から琵琶湖

が『廻国雑記』でいう大原越え、朽木越えである。保坂から西に向かえば小浜に出、東に向かえば琵琶湖のほとりの今津（写真15）へ出る。

道興は小浜に出たということで、大原越えの道を取ったのであろうが、宗祇は前引の『百人一首注』奥書にあるように有乳山付近を通ったとすると、琵琶湖湖畔を海津《かいづ》へ行き、そこから、先述した「七里半越え」と呼ばれた道を敦賀に出るとするのが一般的だと思われる。

後のことになるが、延徳三年（一四九一）三月三日、冷泉為広が細川政元に伴って越後に赴いており、その記録が『為広越後下向日記』として残されている。この紀行は文学的な叙述がほとんどない代わりに、日々の通過地・宿泊地を詳細に書きとどめており、その点で当時の越後下向の道筋を知るのに有効な書と言える。

これによると為広らは都を七口のひとつ荒神口から出て、北白河を抜けて山中を越え坂本へ出る、いわゆる白河道（山中越・今道越）を取ったようで、その後、琵琶湖を舟で海津まで進み、そこから「七里半越え」で日本海の港町、敦賀に出ている。

有乳山を見たとするならば、宗祇はこの道筋を辿った可能性がある。ただし、琵琶湖を舟で行ったかどうかまでは不明である。帰路には若狭国を訪れているので、小浜を経由して京へ戻ったと思われる。そうであれば、帰路は道興の往路と同じ道を取ったと推定し得る。

琵琶湖沿岸を北上する道（西近江道）は、宗祇の旅より半世紀ほど前になるが、飛鳥井雅縁《まさより》（宋雅）が応永三十一年（一四二四）二月二十三日から三月十七までの越前国敦賀、気比神社参詣の旅の紀行『道すがらの記』で、細かく描写している。こちらは『為広越後下向記』と違って、経由地を印象的に描写している。すべてを引くことは控えるが、例えば、堅田（写真16）は、

　堅田の浦を見れば島崎遠くまで出でて、海士《あま》の家どももあまた続きたり。

写真16　堅田浮御堂からの琵琶湖、遠方に三上山

写真17　白鬚神社からの琵琶湖

とあり、湖（写真17）の向こうに伊吹山を望んだ時には、

　湖を隔てて東に高い山ありて雪いと白く見えたり、と言へば、伊吹の山なりと申す。

と述べている。

今津と海津は次のよ

うである。

河原市《かはらいち》とかや申す所にしばらく立ち寄り、そのつづきに里あり、と言へば今津と申す。

いにしへに変はる今津の里ならば過し世を知る人に問はばや

海津と申す所に着き侍れば、折節もことに景色のどかに見えわたりて、海士人ならんと見ゆるあやしの賤《しづ》、磯のあたりさまざま行きちがひて、船寄せ・網干などしたる景色珍しく見えて、己《おの》がじしのいとなみどももあはれに見えはべり。

宗祇はこの後、幾度かこの道を通ることになるが、その目に映った風景も同様のものであったことであろう。

『廻国雑記』に戻ると、道興は小浜から三方・恋の松原（現、福井県三方郡美浜町）・機織の池（美浜町坂尻と佐柿の境にある峠である椿峠付近）と進み、敦賀へ入った。ここで七里半越えの道と合流することになる。ここからは日本海沿いの道になるが、道興はその北陸街道を所々で迂回しながら進むので宗祇の道と相違するところもあるが、同時代の旅路ということでしばらく、道興の進んだ道を確認しておきたい。

道興は敦賀からは九頭竜《くずりゅう》川下流左岸の高木を通り加賀国に入る。現、加賀市のあたりでは、橘・洲浜川・敷地・弓波・動橋《いぶりばし》を通り、小松市の本折《もとおり》へと歩を進めている。汐越の松のことなど少し混乱があるが、この道筋は北陸街道と言ってよい。

道興はここから白山比咩《はくさんひめ》神社へ立ち寄り、北陸街道の野の市（石川県石川郡野々市町）へ戻って

（能登）
七尾
新湊
黒部
富山
津幡
倶利伽羅峠
金沢
野々市
鶴来
石　川
富　山（越中）
立山
白山比咩神社
加賀
動橋
豊原寺
福井
平泉寺白山神社
一乗谷
福　井（越前）
敦賀
岐　阜
（美濃）
若狭（三方）
小浜
（若狭）

来ている。そこから能登路と越路の分岐点である津幡（河北郡津幡町）に出る。白山比咩神社が歌僧、尭恵と縁があったことなどは第一章で述べた。道興はここから能登路を取って半島を横断し、石動山《いするぎやま》に参詣している。津幡からまっすぐに越路を行くと倶利伽羅《くりから》峠を越えて越中国に入る。倶利伽羅峠は寿永二年（一一八三）に挙兵した木曾義仲と北陸道を下ってきた平家との合戦のあった場所として著名である。以後は日本海岸を辿れば越後府中に到達するが、道興は立山に立ち寄っている。

『為広越後下向記』の旅はあまりよそ道にそれずに越後に向かっている。そこに記された地名はこと細かく、一々を確認することは煩わしいので省くが、その道はほぼ日本海沿いを通る道、つまり北陸街道であった。都から越後府中への最短はこちらの方が一般であったと思われる。為広の旅は往路は十六泊、帰路は十九泊であった。おそらくは宗祇も都からの下向では基本的には同じ行程であったに違いない。

越前・越中

宗祇が文明十年三月下旬に都を立って、いつごろまでこの北陸街道を辿っていたかは不明であるが、初編本『老葉《わくらば》』には越前国・越中国での夏の句が多く掲載されている。これらが往路での句であれば、夏の末までいたことになる。先にも述べたが初編本『老葉』は文明十三年（一四八二）夏頃の成立かと考えられている宗祇句集である。

まず、越前国の句として次のものがある。

平泉寺《へいせん》にて、五月雨を

五月雨の山雲涼し天津風

平泉寺は平泉寺白山神社（写真18）の別当寺で、現、勝山市にある。北陸道からはかなり山へ入る。北庄《きたのしょう》（現、福井市）から東に三十四キロメートル余りほど九頭竜《くずりゅう》川沿いの勝山街道を遡ったところである。白山神社の周辺の山間に六千坊の僧坊があり、延暦寺末寺として僧兵を養い、朝倉氏と手を結んで勢力を振ったという。『太平記』巻第十一「北国探題淡河《あいかは》殿自害の事」にも「平泉寺の衆徒《しゅと》」が「自国・他国の勢を語らひ、（略）牛原へ推し寄」せたと見える。宗祇がここを訪れたことはこのような平泉寺のあり方と関係するかも知れない。

写真18　平泉寺白山神社

当時、朝倉氏は一乗谷に本拠を構えていた。宗祇がこのたびの下向時に一乗谷を訪ねたかどうかは分からない。平泉寺に行くのには、一乗谷に赴いていたとすれば、そこからは北庄に戻らずに、永平寺の門前を抜けて、勝山街道に出る道もある。ただ一度、北庄に戻って行ったほうが道は楽かも知れない。

それはともかく、この発句は五月の句で、これが往路でのものだとすれば、五月にこのあたりにいたということになる。
続いて豊原寺へ向かう。平泉寺から勝山街道を下って、吉崎への途中、現、坂井市丸岡町にあった寺である。ここも白山信仰の拠点の一つで、「豊原三千坊」と称されて僧兵を抱えていた。初稿本『老葉』に次の発句が載る。

豊原寺にて、夏のころ
行く水に引くや夏その糸柳

この後、宗祇は加賀・越中国へと入っていく。初編本『老葉』には、以下のような越中守護、畠山氏の被官らとの会での発句がある。

① 遊佐新右衛門尉もとにして千句侍りしに、撫子《なでしこ》を
巌にも花咲く世かな石の竹

② 越へまかりし頃、神保宗右衛門尉もとにて、扇を
心あひの風の名匂ふ扇かな

③ 神保八郎もとにて、同じ心を
巌より砕けて涼しさざれ水

④ 山川三河守もとにて
都路や都近くは氷室《ひむろ》山

⑤ 同じく越路にて、発句あまたし侍りしに中に、納涼を

雪に波かへりて涼し越の海

この内、①の遊佐新右衛門尉は金子金治郎が『新撰菟玖波集の研究』において、遊佐加賀守長滋《ながしげ》と推定している。遊佐長滋は『新撰菟玖波集』に二句入集、『新撰菟玖波集作者部類』鶴岡本には「藤原長滋　畠山内遊佐加賀守」とある者である。遊佐氏は代々、室町幕府三管領家の一つ畠山氏被官で畠山氏領国の守護代を勤めた家柄である。居城は現、富山県砺波《となみ》市にあった。都から行くと倶利伽羅峠を越えた所である。宗祇は第三回の越後への旅の帰路にもこの長滋の居城を訪ねている。

当時、越中国は畠山政長が守護であった。政長は応仁の乱を引き起こした張本人で、それを助けた細川勝元が東軍となり、政長に対立した畠山義就《よしなり》を助けた山名持豊《もちとよ》の西軍と覇を競った。宗祇が帰京後すぐの文明十一年九月には、越後守護上杉房定《ふささだ》はこの能登守畠山義就と手を結んで、越中に進行するという事件を起こしている。『大乗院寺社雑事記』九月二十三日の条には次のように見える。

越中国の事は、畠山大夫、上杉と縁を成して、越中国を打ち取るべしの由、支度《したく》の間、

これによれば、応仁の乱の余波はまだ続いており、それに上杉房定も絡んでいたことが分かる。因みに、遊佐長滋の子、長衛も『新撰菟玖波集』に四句入集している。

②の神保宗右衛門尉は神保越前守長誠に当たると金子は推定している。神保氏も越中国の有力武将で守護代に準ずる家格であった。③の神保八郎は誰に当たるか不明であるが、神保氏一

族であることは確かで、この一族には『新撰菟玖波集』に二句入集した惟宗氏弘《これむねうじひろ》もいる。この氏弘は『新撰菟玖波集作者部類』鶴岡本に「畠山内神保能登守」とある。この氏弘はおそらく『守良葉《うらば》』に次のように見える者と同一人と考えられる。

越中放生津にて、神保能登守宿所の会に

宿れ月今朝秋風の奈古の海

放生津は富山湾の港、能登半島の付け根に当たる現在の新湊である。畠山氏の守護所があった。神保氏はこの居館を守っていたらしい。④の山川三河守のことも分からないが、やはり畠山氏の被官と思われる。宗祇は守護、畠山政長のいない越中国を過ぎる時にはこれらの人々との繋がりを求めたのだと思われる。

これら五句の発句には五月・六月の季が詠み込まれている。「石の竹」つまり撫子は『僻連抄』「十二月題」では五月、「扇」「氷室」「納涼」は六月の題である。帰路でのものとも考えられるが、「越へまかりし頃」「越路にて」などの詞書などから少なくとも幾つかは往路でのものとしてよいのではなかろうか。

また、初編本『老葉』に見える、

早苗を

明日や見ん植うる早苗の末の秋

は、再編本『老葉』では、

越へまかりし時、榎並三郎左衛門尉もとにて

と詞書が付されている。この榎並三郎は新川《にいかわ》郡の地頭榎並氏の一族かと思われる。この人物に関しては、初編本『老葉』には次のような発句も見える。

榎並三郎左衛尉もとにて

夏の池は梢も鴨の青葉かな

先の句の「早苗」は四月か五月の景物である。この榎並も畠山氏被官と考えてよく、この下向の時の宗祇の発句と思われる。

このように見てくると、宗祇は五月に加賀国を出て、六月末頃まで越中府中（現、富山県富山市）周辺にいたのであろう。

次の発句も新川での句である。

越中国新川の郡にて会侍りしに、夕立を

夕立の新川中州ちまたかな

「新川」は赤江川の東、北陸街道に沿って位置する。魚津《うおづ》のあたりの地である。魚津から南へ六キロメートルほど入ったところに、越中国守護代、椎名氏の居城、松倉城（写真19）があった。そこでの句の可能性がある。「夕立」は六月の題である。新川にこの時期にいたということは、六月中には越中を出て越

写真19　松倉城跡

後国に入ったのかも知れない。
堯恵は第一章でも引いた『北国紀行』の旅で、飛騨高山のあたりを通り日本海岸に出て、越後府中を目指すが、文明十八年、ちょうど六月の頃に魚津を通過している。宗祇には記録がないので、このあたりの記述を引いて、趣きを想像しておきたい。
早槻河《はやつき》を過ぎて、霖雨《りんう》いまだ晴れず。
旅の空晴れぬながめに移る日も早槻川を越ゆる白波
長雨なほ晴れやらず。四十八か瀬とやらんをはるばると見渡せるに、魚津といふ所に侍りて、
四十《よそ》あまり八《やつ》の瀬ながら長雨に一つ海ともなれる頃かな
六月十三日、越後府中海岸に着きぬ。
「早槻河」は先述したが現在の早月川で、滑川市と魚津市との境の川、「四十八か瀬」は黒部川下流の黒部四十八ヶ瀬である。黒部川は下流域で多くの分流を生じて日本海に注いでいた。夏の長雨の続く日本海沿岸の雰囲気を彷彿とさせる記述で、宗祇もこのような中を越後へ赴いたかと思わせるものである。

越後府中から信濃へ

宗祇はその後、越後府中に居を置き、翌年春頃までは滞在したらしいが、到着後、あまり時

をおかずに信濃国を訪ねたと思われる。初編本『老葉《わくらば》』には次のような発句が見え、これらはこの越後訪問期間の内でのものと考えられる。ただし、信濃へ向かう途中のものか、越後府中へ戻る時のものかは不明である。晩秋の句であれば、後者の可能性が高い。

①　越後国関の山にある坊の、庭に滝落としなどして、心あるさまなれば、その所の会に、秋の頃

水に澄む心や深山秋の庭

「関の山」については第一章で尭恵の『善光寺紀行』を見た時に説明を加えた。府中から三十キロメートルほど北へ行った北国街道の宿で、関山三社権現の別当寺宝蔵院（写真20）があった。宝蔵院は僧兵を擁しており、上杉謙信と武田信玄の争いの時には謙信側の砦の役割も持ったという。ここからあと十キロメートル余りで信濃国境である。

この折の信濃行でのものと考えられるものには次の句もある。

②　信濃国にて、ある人の興行に

吹きかへる風や山まつ庭の荻

③　姨捨《をばすて》の月見にまかり侍りしに、この所の八幡宮神

写真20　宝蔵院跡、右奥の四角の石が宗祇句碑

　主もとにて侍りし会に
会ひに会ひぬ姨捨山に秋の
　月
④　おなじき社官に小林と
　いふものあり。かの所
　にて
雲霧を分けしも月の山路か
な

②の句は「まつ」に「松」と「待つ」が掛けられていると思われる。山の松に吹くようになった秋風を「庭の荻」も待つということである。『初心用捨抄』に「七月にいたりては、一葉散るより荻吹く風のさびしさに心をかけて」とあることからも、この句は初秋のものとしてよいであろう。

この句の興行の後、宗祇は姨捨山に向かった。③④はそこでの句である。

姨捨山は現、千曲市、北国街道ほど近い標高一二五二キロメートルの冠着山《かむりき》をいうようで、

我が心慰めかねつ更科《さらしな》や姨捨山に照る月を見て（『古今集』）

と和歌で詠まれて以来、月の名所として名高くなった。「八幡宮」はその近くにある武水別《たけみずわけ》神社（現、千曲市八幡）（写真21）をいう。

宗祇の発句に月が詠み込まれていることはその名所の本意にかなっている。したがって、句の詠まれたのは八月十五夜と考えるべきであろう。宗祇は八月十五日には姨捨まで歩を進めていたことになる。先の①の句は一回目の越後下向の帰路でのものとも考え得るが、姨捨での②の句は、『愚句老葉』に次のように、宗長を伴ってという宗祇の自注があり、この折のものとして間違いない。

写真21　武水分神社（八幡社）

宗長などあひ伴ひて見侍し、忘れがたき月なりし。

なお、麓にある長楽寺境内には、現在、この句を刻んだ文化十年（一八一三）七日建立の句碑（写真22）が立っている。

宗祇らがいつ頃、越後府中から信濃へ赴き、いつ、府中へ戻ったかはよく分からないが、八月十五日に姨捨山ということは、おそくとも八月上旬には府中を旅立ったのではなかろうか。六月末か七月初めに府中に到着してあまり時をおかずに信濃へ向かったと先述したのは、そのような日程を考えての推測である。初編本『老葉』にはいくつか府中での発句が採録されているが、秋の発句はなく、このこ

写真22　長楽寺境内の宗祇句碑

とも府中の秋をあまり味わっていなかったことを示しているのかも知れない。

なお、金子金治郎「宗祇越後の旅を考える」では、『宗祇発句集』中の句、

夏を今朝流すや氷諏訪の海

を挙げ、この旅の往路で糸魚川から「今の大糸線」を進み、諏訪湖まで行き、「夏の最後の水無月祓」にこの句を詠んだとしている。その後、先の②の句の興行を経て、姨捨へ赴いた後、「関の山」を経て、越後府中へ入ったとする。しかし、越後を目前にして諏訪へ向かうことは考えにくいことである。「諏訪の海」の句が初編本『老葉』には見えないことからもこの句は別の機会に詠まれたものと考えておきたい。

府中に戻ったのは冬になる直前であったのではなかろうか。越後府中から信濃への道は冬、雪深いところで後世、一茶によって「雪五尺」と詠まれた柏原（写真23）を越えて行く道で、本格的な冬になれば越えるのが困難になる。推測に推測を重ねてのことであるが、宗祇は文明十年八月から九月の二ヶ月ほどは信濃にいた可能性がある。

この推測はともかく、宗祇が越後府中から信濃への道は後の『宗祇終焉記』で辿った道であ

る。詳細は後に譲るとして、そこには簡単に、

信濃路にかかり、千曲川の石踏み渡り、菅《すが》の荒野をしのぎて、二十六日といふに草津とい
ふ所に着きぬ。

とだけある。

克恵は『北国紀行』の旅で、善光寺まで来て、姨捨山までは道が厳しいと聞いて訪れるのをやめている。『北国紀行』を引いて千曲川あたりの風景を想像しておきたい。

写真23　柏原宿の小林一茶終焉の家

「姨捨山はいづれの峰を隔て侍るぞ」と尋ね侍るに、「いたりて遠くは侍らねども、山川《さんせん》雲霧《うんむ》重なりて、この頃いとあやしき事の侍る道にて」など聞こえしかば、ただ堂の峰の上より遙かに眺め侍りて、

よしさらば見ずとも遠く澄む月を面影にせん姨捨の山

千曲川、御堂の東を流れたり。

宿り行く浪のいづくか筑摩河岩間も清き秋の夜の月

明くれば越後の府中に赴きて旅情を慰むる事数日になりぬ。

善光寺平《だいら》から望む姨捨山方面の風景である。千曲川を越えると間もなく山が迫ってくる様子が描かれている。川中島の戦いの時に上杉謙信が陣を構えたと伝えられる妻女山《さいじょ》あたりから、北国街道は上田盆地に至るまでしばらく山間を通るのである。

この記述の中で、尭恵は「山川雲霧重なりて」と土地の人から聞かされた。このことも尭恵が望みながら姨捨まで行けなかった理由の一つであろうが、もっと重要なのは「この頃いとあやしき事」があるという忠告であろう。千曲川に沿って辿れば、姨捨山（冠着山）山頂はともかく、宗祇の赴いた八幡宮までは平坦な道で、それほど苦労することなく行くことができたと思われるからである。当時、信濃国も他と同様に戦乱の時代に入っていたのである。上杉房定《ふささだ》は関東のみならず信濃にもその力を及ぼしていたことは第一章で言及した。この時に宗祇が越後府中を経てすぐに、信濃に足を運んだのには何か政治的な絡みがあったのかも知れない。

越後府中に戻る

この年の冬には府中に戻っていた。十一月には関東在住の連歌師、広幢《こうどう》から自作の句の合点を要望してきた。宗祇点のある『広幢句集』の末尾には広幢自身の追記として、

私に云ふ。文明戊戌《ぼじゅつ》十一月、この一巻合点所望。

とあるが、合点を要望されたこの句集を宗祇は府中で受け取ったのであろう。

翌年、文明十一年二月には『伊勢物語』の講釈を行っている。宗長はその聞書を『伊勢物語

宗長聞書』としてまとめている。奥書に「この一帖、講釈の時、僧宗歓聞書也」とあり、この宗歓は宗長のことと考えられている。この書は越後に伝来したらしく、慶長四年（一五九九）九月三日の書写奥書には、

今また書写する所は、越後州頸城《くびき》郡春日山にて徒然《つれづれ》に余これを書き畢んぬ。

とある。

初編本『老葉』にはこの時期の句と思われる発句として次のようなものが見える。

①　上杉戸部亭《こほう》にて千句に、夕花を

夕暮を見るや見る人花の陰

②　長尾肥前守もとにて、花を

花に来てなほ雲井路の深山かな

③　弥生の頃、上杉戸部亭の月次《つきなみ》会に

咲く藤に匂ふや北の家の風

①③の「上杉戸部」は上杉房定のこと、③長尾肥前守は長尾房景《ふさかげ》であろうか。房景は上田長尾氏で、その居館（坂戸城）（写真24）は越後国上田、現、新潟県南魚沼市六日町にあったという。そこでの発句であろうか。そうであると府中の房定邸での会とどのように行き来したのかが判然としなくなる。房景が府中にいた時のものなのかも知れない。この長尾肥前守に関しては、初編本ではただ次のようにあるのが、再編本では「長尾肥前守もとにて、時雨を」と詞書が付

写真24　坂戸山、山頂に城砦、山麓に越後長尾氏の居館があった

されている句がある。

　秋の発句の中に

時雨より心は染めぬ山もなし

この句は九月末頃のものと考えられる。これが上田の居館でのものだとすると、②などと時期的な関係をどう判断してよいか分からなくなる。これも府中での句ということであろうか。そうであれば宗祇は、先に推測したように冬になる前、九月の内には府中に戻ってきたということになる。

他の句は二月から三月の頃の発句であることから、府中で年を越した文明十一年の春の句と考えられる。『初学用捨抄』の十二月題には、「二月物」として「花を待つ」、「三月物」として「花」「藤」が挙げられている。ただし、「藤」は三月であっても、「花」よりも遅く、『連珠合璧集』には「藤トアラバ」の寄合として「夏かけて」の語句が挙げられており、晩春の景物である。宗祇は晩春まで越後府中にいたのであろう。

この越後滞在中に不幸にも都の宗祇の庵、種玉庵が焼失している。十二月二十五日夜半のことであった。『大乗院寺社雑事記』文明十年十二月二十八日の記事に次のように見える。

二十五日夜半、京都焼亡。小河の東より室町を堺《さか》ひて二時ばかり焼了。御霊殿焼了。仍て近衛殿は一条殿へ御成り。則ち広橋亭に御入ると云々。宗祇の在所、同じく焼了。取り立ててここに宗祇の家のことが記されているのは大乗院尋尊《じんそん》の宗祇への関心の深さの表れと見なせる。それは尋尊の兄、一条兼良《かねよし》との関わりからくるものに違いない。

この火災のことは越後にも届いたことであろうが、越後府中ではそれとは関係なく、月次連《つきなみ》歌会も開かれ、連歌が盛んに行われていた。房定らの文芸愛好の気風のもとで、宗祇は連歌会に臨み、『伊勢物語』の講義などをして冬から春、府中で過ごしたのである。次に述べる『老のすさみ』も越後府中で書かれた可能性がある。

帰京の途

宗祇が越後府中を離れたのがいつかも判然としない。これまで、連歌論書『老のすさみ』が三月に書かれたことをもって、三月中に朝倉氏のもとを訪れ、この書を贈ったとされてきたが、かならずしもそう取らなくともよいのではなかろうか。前節に引いた初編本『老葉《わくらば》』③の「藤」の発句を考慮に入れれば、三月下旬頃までは越後府中にいたと思われるからである。そうは言っても、その発句の詠まれた「弥生」、上杉房定《ふささだ》邸での月次《つきなみ》連歌会を最後にして、間もなくの頃、三月の内か、三月を大きくずれない頃には旅立ったのであろう。

帰路も越前国までは往路とほぼ同じ道筋を辿ったに違いない。ただし、今度は平泉寺《へいせん》は経由しないで直接に越前中心部へ入っていったと思われる。途中、朝倉氏を訪ね、『老のすさみ』

を贈った。この書の群書類従本などには次のような奥書がある。

時に文明第十一暦己亥春三月これを書く。

宗祇　在判

打田太郎左衛門尉殿

また、尊経閣本に見える文明十五年秋中旬付の奥書には次のような文言が見える。

この一帖の事、武衛内朝倉弾正左衛門尉に宗祇禅師書き出だして与ふる所なり。

「武衛《ぶえい》」は斯波《しば》氏のことで斯波氏は越前守護であった。「朝倉弾正左衛門尉」は木藤才蔵が『連歌論集二』（中世の文学）の解説で推定するように守護代、朝倉孝景《たかかげ》であると思われる。孝景は応仁・文明の乱においてもともと西軍についていたが、文明三年（一四七一）五月、足利義政から保証された越前守護登用を条件に東軍に寝返っていた。当時、実質的にはこの孝景が斯波氏の越前守護職を奪っていたのである。

先の奥書の贈呈先の「打田太郎左衛門尉殿」については伊地知鉄男が『宗祇』の中で、宗祇と孝景を仲介した朝倉家被官であろうとしている。

当時、孝景は一乗谷に居を置き、復権を目論んでいた斯波氏側と対峙していた。越前府中は武生《たけふ》（現、越前市）にあって、北陸街道は敦賀からここを通り、さらに北庄《きたのしょう》（現、福井市）を抜けていくが、そのあたりはいまだ斯波氏の勢力が残存していた。そのためもあって、孝景は北陸街道からは南に少し山へ入った一乗谷（写真25）に居館を形成し、徐々に越前全土を掌握しつつあった。宗祇が越後にいた頃、飛鳥井雅康《まさやす》が一乗谷を訪れている。孝景から和歌と蹴鞠両道の教えを請われたためであるという（『兼顕卿記』文明十年八月十五日条）。一乗谷は越後府中と同様に朝倉氏のもとで文化の花が開きつつあったのである。

宗祇は帰路、そのような一乗谷を訪れた。『老のすさみ』はその挨拶代わりとしての意味合いを持っていたのに違いない。そうであれば、その贈与ははじめからの予定で、先述したように越後府中で用意していた可能性がある。

初編本『老葉』にはこの一乗谷の朝倉孝景の居館でのものと思われる発句が収録されている。

　朝倉弾正左衛門尉もとにて、神無月の頃

雨寒し雲のいづくか峰の雪

写真25　一乗谷、朝倉氏居城跡

というものである。この句は詞書に「神無月」つまり十月頃とある。これが文明十一年のことであれば、宗祇は一乗谷に十月までいたことになるが、それは考えられない。後述するように宗祇は閏九月の内に帰洛しているからである。初編本『老葉』の成立時期と、孝景が文明十三年（一四八一）七月に没していることを考え合わせれば、あまり機会を見いだせないが、伊地知は『宗祇』で「今次下向以前のものと推定される」と述べている。また、金子金治郎は「宗祇越後の旅を考える」において、この句を理由の一つとして「文明九年の越前下向があったかと思う」とし、後述する一条兼良の家領をめぐっての「難交渉の先駆」とみなせると述べている。なお、宗祇は文明十八年八月から九月にかけて、孝景の子、氏景の病没の弔問に一乗谷に駆けつけている。記録に残されていないが、幾度か一乗谷を訪ねたことがあったのかも知れない。一乗谷を訪ねた後、宗祇は敦賀を通過して若狭まで行ったらしい。初編本『老葉』に見える次の発句はその折のものと考えられている。

①　若狭国にして武田光録亭にて千句侍りしに、秋時雨を

露に見よ青葉の山ぞ初時雨

「武田光録《こうろく》（禄）」は武田国信《くにのぶ》のことである。この国信は宗勲法師の名で『新撰菟玖波集』に十一句入集しており、『新撰菟玖波集作者部類』鶴岡本には「武田光禄」、青山本には「武田大膳大夫国信」と見える。『新撰菟玖波集』には次のような都での会のことも見える。

②　武田光録の北白川亭の千句に、夕雪

鳥の音も聞かぬを雪の夕べかな

武田氏は永享十二年（一四四〇）、一色義貫《いっしきよしつら》を滅ぼしたことにより若狭国の守護職を与えられ、現、小浜市の青井山に居城を構えた。京と近いこともあって在京していることも多く、宗祇との交流も都でが主であった。①の発句にわざわざ「若狭国にして」とあるのはそれが珍しいことであったからであろう。『大乗院寺社雑事記』文明十年十二月十九日の条に次のようにあり、

当時、領国にいたと考えられる。

　昨日、武田在国に下向云々。惣じて諸大名作法以ての外の次第なり。

①の「露に見よ」の句は「秋時雨」を詠んだということで九月の句ということになる。『初学用捨抄』の「九月物」には「時雨　秋の詞を添へ」とあり、「露」が秋の詞である。ただし、元来、時雨は十月の景物であるから九月の初頭とは考えにくいので、九月下旬の句とするのが妥当であろう。「青葉の山」が季節としては気になるが、これは国信の居城のあった「青井山」を意識したものと思われる。

小浜からの帰路は若狭街道を保坂まで行き、その後は琵琶湖湖畔の今津へ出るか、朽木《くつき》を通って大原へ抜けるかである。いずれにせよ、宗祇は翌月の文明十一年閏九月のはじめまでに都に戻った。『実隆公記』同年同月五日の記事に、

　帰路、宗祇法師もとに向かふ。昏黒に帰宅。

とあって、実隆はこの日あちらこちらを訪ねた後に宗祇宅を訪れている。種玉庵は前年十二月二十五日に焼失したのであったが、すでに再建されたのか、もしくは仮の家であったのかは不明である。

三条西実隆と青苧

先述したように、宗祇と三条西実隆との交誼は文明九年（一四七七）七月十一日からのようで、

この旅の頃はまだ交流が始まってから間もない頃であったが、急速にふたりは親交を深めていたらしい。実隆はまだ二十五歳であった。宗祇帰京後すぐの実隆の訪問が一年半ぶりの師との再会の喜びのみを目的としていたのか、それとも別の用件があったのかは分からない。越後が青苧《あおそ》をめぐって三条西家の経済的な面にとってきわめて重要な土地であったことは先に少し触れたことである。この青苧が宗祇・三条西実隆・越後の三者を結びつける具体的なものの一つあるらしいことは改めて確認すべきことだと思われる。宗祇が越後下向を繰り返したことの理由の一端の解明の手がかりがここにあるからである。しばらく、三条西家と青苧のことに触れておきたい。

三条西家と青苧との関わりは小野晃嗣「三条西家と越後青苧座の活動」と脇田晴子『日本中世商業発展史の研究』第五章「首都市場圏の形成」第二節「都市隔地間商人の没落と領国御用商人」、竹田和夫「中世後期越後青苧座についての再検討——本座・新座関係及び商人衆を中心に——」、中島圭一「三条西家と苧商売役」などに詳しい。詳細はそれらに譲ることとして、これらによりながら大略を把握しておくこととする。

「苧《お》」は布にする原料の麻をさらして、細く裂いたものである。「白苧」と「青苧」の二種があった。三条西家は、十四世紀後半頃から、その青苧の売買の独占組織、青苧座に関わる税の徴収権たる苧課役《おかえき》徴収権を握っていたのである。越後はその風土が麻の栽培に適し、苧の産地としてもっとも重要な土地であった。苧課役の権利は栽培、売買、輸送のすべてに渡っていたようで、その関係で三条西家は産地の越後、船舶による輸送経路の敦賀および小浜の港、さらには琵琶湖航路の港、都への陸送経路の要所などを押え、それに携わる人々と密接な関わりを持った。

それらが順調に運営され、その課税、年貢や関税などが三条西家に滞りなく入ってきている内はよかったが、次第に各地の武士・商人などの力が強くなると、三条西家が無視されるようなことも多く起こってきた。荘園の無効化と同様のことがここにも起こってきたのである。『実隆公記』にはこの青苧をめぐる話題が頻繁に出てくる。それは荘園からの収入があてにならなくなった時代、三条西家の家計を支えるもっとも重要なものとなってきたこと、それが思うに任せなくなってきたことの裏返しであった。

宗祇の越後への旅は、まさにそのような時代に当たる。越後はその産地であり、宗祇の辿った北陸街道は青苧と密接な関係のある道であったのである。宗祇の直接関係する資料には青苧のことは見えない。しかし、『実隆公記』によれば、宗祇や宗長に師事し、『宗祇終焉記』の旅でも同行した連歌師、宗碩《そうせき》は永正五年（一五〇八）八月二十九日に美濃の斎藤弾正よりの苧関用脚の運送状を実隆のもとに持参するなど、美濃の苧に関する用向きをこなしているし、越後の青苧のことでは、宗長に兄事した連歌師、周桂《しゅうけい》が若狭の港に着いた青苧をめぐる悶着の解決を実隆に依頼されている。この事件はなかなか解決をみなかったようで、『実隆公記』には大永三年（一五二三）七月十八日から十一月四日まで、頻繁に周桂が青苧のことで実隆の指示を受けている記事が見える。

このような事例を確認してくると宗祇も越後の青苧に関わった可能性が見えてくる。具体的な役割は不明であるが、宗祇の旅程は実隆にとってもっとも関心の深かった道であったことは間違いない。青苧のことだけに限らないが、直接に各地の守護などへの実隆の依頼が宗祇に託されることもあったかも知れないし、北陸地方の情勢を宗祇の口から語られれば、それは実隆にとって不都合な事柄に対処するための貴重な情報となり得たことであろう。宗祇の越後訪問の具体的な用件の一つに、この青苧関連のことがあったかも知れないことは注目しておく必要があると思われるのである。

ただし、この時期の宗祇と三条西実隆の関係はまだ漠然としか捉えられない。それに対して次の事件は、一条兼良《かねよし》との関わりで考えるべきことである。

文明十一年閏九月、宗祇が京都へ戻ろうとしていたその頃、越前も急を告げていた。朝倉氏の旧主、斯波義敏《よしとし》・義良《よしすけ》が朝倉孝景《たかかげ》を討たんとして越前に下向したのである。『大乗院寺社雑事記』十一年閏九月六日条に、
去る二日、山名在国に下向し了んぬ。同四日、斯波義敏同じく在国に下向し了んぬ。必定云々。西院庄より一乗院に注進云々。

この事態は都中を騒然とさせたらしく、『晴富宿祢記《はるとみすくねき》』『公衡卿記《きんひらきょうき》』『後法興院記《ごほうこういんき》』『長興宿祢記《ながおきすくねき》』などにも記載が見える。

宗祇のこのたびの越後下向と一条兼良との関わりについては、この章のはじめに触れた。一条兼良はこの年の八月二十三日に朝倉孝景を頼って越前一乗谷に下ったのであった。『大乗院寺社雑事記』九月十一日条によれば、兼良は「朝倉妹の寺」に身を寄せていたとある。宗祇の具体的な動向は分からないが、一乗谷で兼良と会った可能性もあるであろう。さらに想像をたくましくすれば、宗祇が帰路、一乗谷に立ち寄ったのは兼良下向の準備のためだったとも考え得るのではなかろうか。さらに言えば、『老のすさみ』の贈与も兼良のことと関係があったのかも知れない。

しかし、朝倉氏を頼っての兼良の一乗谷滞在も安穏なものではなかったのである。先の『大乗院寺社雑事記』の記事はその動揺を示している。兼良は斯波氏が越前に下った直後の閏九月十八日に帰京した。この兼良の一乗谷下向は次に引く『長興宿祢記』閏九月十八日条によれば、朝倉氏に横領されていた荘園の返還をもとめてのことでもあったようであるが、それは叶わなかったようで、その替わりに二万疋を得ての帰京であった。

一条禅閣、越前より御上洛。御家領足羽庄東郷等朝倉数年押領の間、御侘び事の為御下向。然ると雖も御家領に於いては返進せず。御目に懸り礼を致し、二万疋進上云々。

斯波義敏の越後進発と入れ違うように宗祇も兼良も都に戻ったのである。

第三章　再び関東から越後へ（第三回）

関東経由の理由

宗祇は文明十一年（一四七九）閏九月に帰京した後、翌年五月には周防国に旅立った。応仁・文明の乱は文明九年十一月には西軍の諸大名が自分たちの擁立した幕府を解散し、一斉に自国に下向していったことにより終結していた。当時、西軍の最大の実力者であった大内政弘も足利義政から周防・長門・筑前・豊前四カ国の守護職を安堵されて、本拠地の周防に下っていた。その政弘のもとを宗祇は訪れたのである。

政弘と宗祇の関係は、その後の『新撰菟玖波集』編纂などをめぐっても極めて重要であり、この下向の期間に宗祇が太宰府天満宮参詣の旅に出、その記録として『筑紫道記《つくしみちのき》』を書いたことも、旅人としての宗祇を考える上で重要であるが、ここではその事実のあったことのみ指摘して筆を留めておく。

宗祇は周防を起点として九州を旅し、再び周防に戻り、文明十三年四月下旬頃に帰京した。この四月二日に縁の深かった一条兼良《かねよし》が没している。『大乗院寺社雑事記』の三日の条に次のように見える。

午剋、随心院より御書到来。昨日二日、禅閤御入滅を申し畢んぬ。以ての外の由返事申し了んぬ。夜前、予、夢に御入滅の由これを見了んぬ。其の躰希有なり。御最後の御歌をあそばす。其の御砌に予、祗候。歌は阿弥陀の迎へを待つの由の句なり。下句の末をあそばしはてずして、筆を置きて則ち御入滅の由これを見了んぬ。案の如くにこの注進これ在り。

兼良の波乱に富んだ八十年の生涯であった。随心院は山城東寺随心院厳宝であることは第二章で述べた。宗祇はこの訃報を周防で知って急遽、帰京したのであろうか。幾度か引用した初編本『老葉《わくらば》』はこの後にまとめられた。その後、摂津など京都近辺へは幾度か出掛けているが、二年ほどはほぼ京を中心に活動していたようである。

その宗祇が文明十五年夏に越後に向けて旅立った。数えて三度目の越後府中下向ということになる。宗祇六十三歳であった。この時は関東を経由してのものであったらしい。

この時の下向時期については具体的な資料が欠けていて判然としないことが多い。三輪正胤の「中世古今伝授史の一側面―「おがたまのき」をめぐって―」によれば、四月十八日に卜部《うらべ》兼倶《かねとも》から神道の切紙伝授を受けた記録が存在するということであり、それ以後の出発と考えられている。

『実隆公記』文明十五年七月十八日条には、次のように三条西実隆が宗祇の自宅である種玉庵を訪ねたことが記載されているが、既にその時には宗祇自身はそこにいなかったらしい。

　退出の次いで飛鳥井大納言入道もと宗祇法師庵へ向かふ。暫く世事を談ず。

実隆と宗祇との間柄において、宗祇の庵に赴きながら宗祇と会ったことがまったく記されていないのは、既に宗祇が旅立ったことを意味していると思われる。この時期、近江国柏木に居を構えていた飛鳥井雅親《まさちか》（栄雅）は京都滞在中、種玉庵を宿として借りていたのである。

当時、関東歌壇で重きをなしていた武将に木戸孝範《たかのり》がいた。その家集に次のような詞書のある歌二首が見える。金子金治郎によればこれはこの時の下向時のものと考えられるという。

①　種玉庵宗祇老後に京《文亀二年下向江戸館》より下り来たりける、ほどなく立ち帰るに手向の幣《ぬさ》などになずらへてつかはしける時

馴れこしか齢《よはひ》もともにふる川やまたも逢ひ見ん立ち別れても

②　宗祇の方へつかはしける

越《こし》の空いや遠ざかる伝《つて》も憂し雁は秋とも頼まるる世に

この①の歌が、この時の宗祇下向と絡めると、問題は「文亀二年下向江戸館」という注記である。これまでこの記述によって、孝範の没年を文亀二年以後とされてもきたが、この記述が疑わしいという。金子は『旅の詩人　宗祇と箱根』の中で次のように述べている。

「文亀二年下向江戸館」と細字傍書があって、『宗祇終焉記』の旅のこととしている。しかし、これは後人のさかしらであって、詞書には、「老後に京よりくだり来たりける」とある。終焉記の旅であれば、越後からであるから、こう書くはずはない。そしてもう一首の宗祇へ送った歌は、宗祇の越後行きを送る歌になっている。秋季である。両者を結んでみれば、京から関東へ下り、秋、越後へ去ったとなる。

①については、直接には越後からであっても、大きくは都から下向してきたと孝範が捉えても問題がない気がするが、②がこれから「越」へ旅立つ者に対しての歌であることは確かであろう。「遠ざかる伝も憂し」とは越の国へ行ってしまっては連絡を取るのもむずかしくなることをいうのであろう。

再編本『老葉』は文明十七年八月上旬の成立と考えられている宗祇自撰句集であるが、この中には次の句が収録されている。

上杉典厩《てんきう》の亭にて

二声のいまぞ聞きしも郭公《ほととぎす》

上杉典厩は第一章で述べたように越後守護上杉房定の長男、定昌《さだまさ》のことである。再編本『老葉』には太田道灌《どうかん》邸でのものなど、幾つか関東での句が含まれているが、それらは皆、『萱草《わすれぐさ》』や初編本『老葉』にも見えるので、この下向の折のものではない。この「二声」の句も先の下向の時のものとも考えられるが、再編本にはじめて収録されていることから、この時期としてよい気がする。

宗祇は四月十八日以後に都を出立した。「郭公（時鳥）」は『宗祇袖下《そでした》』では四月に、『初学用捨抄』では「五月物」に分類されている。四月中に定昌邸に着くのはむずかしい気がするが、初音ではなく、「二声」目ということで、五月頃の句としてよいのかも知れない。

金子は前引書の中では、この句を上野国白井の陣所での再会した時の句であるとし、次のような寓意を読み取っている。

二声と聞くことのない郭公の声、それを今まさに聞いた思いですというあたりに、文明五年に別れて以来の懐かしさが籠められている。

この第三回目の越後下向に関して金子は先の孝範の①の歌を引いて、次のような推定もしている。

注目されるのは、孝範が、「よはひもともにふる川や」と読んでいる点である。共に老いて古人になったというのであるが、少々わざとらしいふる川である。これはしかし、文明十四年十一月二十七日に成立した都鄙合体をふまえたものとすれば納得がいく。京の将軍家と古河公方成氏のいわゆる都鄙合体である。（略）その喜びが「よはひもふる川や」になったのであろうと思う。（略）この小康状態であれば、関東諸地方の往来も、かなり自由にできたことであろう。

さらに上杉定昌邸での発句に関わって、

都鄙合体の関東に下り、まっ先に訪れたのが、ここ白井の陣所であったろう。金子は関東の平穏を宗祇関東通過の理由として挙げるが、定昌邸を「まっ先に訪れた」ということを鑑みれば、目的は関東の平安をもたらした「都鄙合体」成就への祝賀にあったと踏み込んで捉えてよいのかも知れない。

都鄙合体については第一章で簡単に触れた。京の将軍に対抗する古河公方《こがくぼう》側とそれを阻止するために派遣された堀越公方《ほりごえくぼう》側の争いが、関東管領の父となってますます関東武士の中で重きをなしてきた上杉房定《ふささだ》の尽力によって成し遂げられた成果であった。

このように考えれば、宗祇がこの時、越後府中に赴くに際して、関東を経由した理由が明確になろう。「都鄙合体」のなった関東の様子を見、その立役者のひとりであった上杉定昌に挨拶をし、さらに要めの上杉房定に参ずるべく越後へ旅立ったのである。

関東から越後、帰京

関東から越後府中へは三国峠越えか、信濃国を通る北国街道を行くかであり、いずれも冬には通行の厳しい道である。この時、どちらを通ったかはまったく分からないが、秋の内には越後へ向かったと思われる。

再編本『老葉』には次の句がある。

①　上杉武庫の亭にて

かはる瀬もなき淵なれや菊の陰

②　越に下り侍りし時、ある山家にて

時雨るらし山柴そよぐ窓の月

①②ともに、再編本ではじめて見える発句である。①の上杉武庫が誰かは未詳である。金子金治郎は「宗祇越路の旅を考える」において、上杉房定としているが、民部大輔つまり戸部であった房定を「武庫」とするかに疑問がある。『実隆公記』永正八年（一五一一）三月六日条には「越後上杉兵庫頭定実」の名が見える。定実は房定の弟、房実の子である。年代からはこの房実の可能性があろう。いずれにせよ上杉一族であることは間違いない。句自体は「菊」が詠まれていることから、九月九日のものとみなすことができ、変わることにない世を寿いで、この時期の上杉一族に対する発句としてふさわしい。

②もこの時の句かと思われ、「時雨」を詠んでいるので十月の句である。これらによれば、宗祇は九月の内に越後府中に着いたとしてよいのであろう。

翌年文明十六年は越後府中で迎えた。その年の秋七月十九日、宗祇は文正二年（一四六六）正月一日に詠んだ「名所百韻」に注を付して、ある人に贈っている。次のような奥書が付せられており、そこに「尊命」によるとあることから、上杉房定へのものと考えられている。

此の条々尤も斟酌候へども、尊命の由承り候間、仰せに随つて、外聞迷惑の至り候也。

宗祇在判

文明十六甲辰年孟秋十九日

その後、府中をいつ旅立ったかは分からないが、再編本『老葉』に次の発句が見え、これはこの帰京の途次のものと思われる。

　遊佐新左衛門尉もとにて、長月ばかりに千句侍りしに、月を

守《も》る月に明くるや関の砺波《となみ》山

遊佐新左衛門尉は新右衛門尉と同一人物であろう。その館には、宗祇は前回の越後下向の折にも立ち寄って千句連歌を巻いていた。遊佐新左（右）衛門尉はそこで述べたように畠山氏の守護代、遊佐加賀守長滋《ながしげ》である。

写真26　倶利伽羅峠の宗祇句碑

「砺波山」は倶利伽羅《くりから》山の古称で、その峠（倶利伽羅峠）（写真26）には古来、砺波の関が設けられていた。『愚句老葉』自注には「越中の名所なればなり」とある。長月（九月）の月は十三夜が常套であるが、そこまで確定できるかは分からない。いずれにせよ、越中を九月中旬頃に通過したということは、冬になる前に越後を旅立ったということであり、復路は北陸街道を取ったということである。北陸街道の経路のことは第一章・第二章で『廻国雑記』などを引きながら説明した。

宗祇はこの月の二十四日には帰京した。『実隆公記』文明十

六年九月二十四日の条に次のように見える。

室町殿へ参る。春下編これを始む。巻頭御製なり。晩に及び退出。宗祇法師上洛。紅燭五十梃《ちやう》これを送る。

「春下編」云々は当時足利義尚が進めており未完成に終わった歌集『撰藻集』編纂に関わることである。ただし、この歌集に宗祇がどのように関わったかは分からない。この歌集の未完成もあって、『新撰菟玖波集』の編纂が計画された事情もあったらしいと推測されるのみである。それはともかく、帰京の事実とともに、「紅燭」を実隆に送っていることは注目にあたいする。蝋燭は越後の名産であった。『蔭凉軒日録』によると当時、相国寺慈民院の末寺である米山寺（米山薬師）から毎年、紅燭が一箱（一挺）進物として送られたという（『蔭凉軒日録』文明十八年三月十二日、十三日）。

尭恵『北国紀行』の旅

尭恵が『善光寺紀行』の旅の後、再び越後に下向したのは宗祇の三回目の下向の三年後、文明十八年（一四八六）のことであった。府中に着いたのは六月十三日である。この折の様子は『北国紀行』に次のように記されている。宗祇自身に紀行がないので、再び、この『北国紀行』の記述によって当時の越後の様子を探っておきたい。

六月十三日、越後府中海岸に着きぬ。京洛にして相馴れし正方法師を訪ねて、海士《あま》の苫《とま》屋《や》に夜を重ぬ。この渚近き所に神さびたる社あり。参詣して拝み侍りしに、かの社務、花《はな》前《がさき》といふ老翁出でて、「この御神は昔、三韓御進発の時より北海擁護の神たり。居多《こた》明神と申し奉る。手向けすべき」由申し侍りしかば、

天の原雲の外まで八島守る神や涼しき沖つ潮風

この国の太守相模守藤原房定《ふささだ》の聞こえに達せしより後は、旅泊の波の声を聞かず。あまつさへ旅館を最勝寺といへるに移され、樹陰の涼風袖に余るほどなり。

尭恵は府中に到着したあと、しばらくして善光寺に詣で、一日そこに宿泊し、再び、府中へ戻っている。『北国紀行』には善光寺から戻って後のこととして次のようにある。

明くれば、越後の府中に赴きて旅情を慰むること数日になりぬ。八月の末にはまた旅立ち、柏崎といへるところまで夕越え侍るに、村雨うちそそきぬ。

尭恵は永享二年（一四三〇）生まれであるから、『善光寺紀行』の旅は三十六歳の時のもので、まだ、歌僧としての名が知られていなかったのであろう。その時に関山で出会った快芸法師は比叡山延暦寺西塔で見知っていた同輩ということで、尭恵のその折の旅はこのような知己を求めながらの修行の旅であったと思われる。

それに対して、この『北国紀行』の旅は、五十六歳から五十七歳にかけての、既に歌人としての名が高くなってからの旅で、京を出発してから、まず、美濃国の郡上《ぐじょう》へ赴き、そこで東《とうの》頼数《よりかず》に「古今伝授（受）」を授け、さらに、相模国芦名（現、横須賀市芦名）に出かけ、そこにいた

東常和《とうのつねかず》にも伝授している。

因みに、尭恵はもう一度、越後を訪れている。延徳四年（一四九二）のことである。井上宗雄の『中世歌壇史の研究　室町前期』によれば、その十月二十三日の奥書のある『百人一首』『詠歌大概』の書写本を作し、同年十月二十六日には上杉家被官、市川憲輔に『古今集延五記』を与えているが、そこには旧元号の延徳が使われている。七月二十日に明応と改元されていることをまだ知らずにいたということで、越後国にいた可能性があるという。いつまで越後に滞在したかは不明であるが、明応三年（一四九五）二月に慶玉殿に『古今声句相伝聞書』を授け、三月に兼載《けんざい》に『古今集』を講じていることなどから、少なくとも、明応三年はじめには帰京していたらしい。したがって、この三度目の越後下向は延徳四年七月以前から明応三年二月の間ということになる。

尭恵の没年は不明であるが、家集『下葉集』奥書に「明応七戊午年七月十八日法印尭恵」とあり、その明応七年八月一日に『藤川百首注』を白川忠富に書き与えている。その後は事跡が見えなくなる。間もなく亡くなったらしい。

その活躍時期は宗祇とほぼ重なる。後半生を旅に送った点も似ている。両者ともに二条流和歌を学び、「古今伝授（受）」に関わり、越後上杉氏とも関係が深かった。このように類似する存在であるが、接触した痕跡が見当たらないことには奇妙な感じがある。この点については、井上宗雄は前引書で次のように推察しており、そのようなこともあったかとも思われる。

尭恵が東家の人々と親しかった事を考え合せると、宗祇に対してのみ内心強い反撥を感じ、敢て宗祇を黙殺しようとしたのではあるまいか。後年、新撰菟玖波集を撰んだ時、兼載は細川成之の句の入集増加を、白川忠富王を介して上奏し、宗祇はこれに反対して実隆を介して邦高親王に諒承を求めた事は、右の対立を背後に感ぜざるをえない。即ち成之・兼載は尭恵門であり、忠富は尭恵と兄弟の分であった。

少し脇にそれたが、尭恵の旅に戻りたい。彼は『北国紀行』の旅では府中に着いた当初、都での知人、正方法師を訪ね、その紹介で、「海士の苫屋」に幾晩かを過ごしたとある。「海士の苫屋」は虚構で、正方法師の坊か庵であったのかも知れない。それはともかく、そこは海に近いところであった。その「渚近き所」には「神さびたる社」があったという。後に老翁が語るように、居多明神（写真27）である。現在、上越市五智にある神社で、室町期には越後一の宮と称された。今は幾分内陸に入ったところにあるが、慶応二年（一八六六）までは海浜に臨んでいたという。

写真27　居多神社（明神）

上杉氏の守護所はJR線直江津駅から東南へ二〇〇メートルほど行った関川に近いところにあった。現在、東雲町（写真1）と呼ばれているあたりで、そこが府中の中心であった。結局は第一章で引いた寛正六年（一四六五）の『善光寺紀行』の折も、この文明十八年の折も、尭恵が宿った「海士の苫屋」はどこにあったかは不明であるが、尭恵は府中の中心から離れた海辺に宿を取ったということなのであろう。そのような「海士の苫屋」にいた尭恵は文明十八年の時は、しばらくして、上杉房定の知るところとなり最勝寺に宿すことになる。

『北国紀行』に戻ると、居多神社では「花前といふ老翁」が出てきて、神社の由来を語ったとある。花前氏は居多神社の社家で、この時の当主は二十六代の盛時《もりとき》かという。花前は『善光寺紀行』に見える地名の「花ヶ崎」と関係する名字だと思われる。

写真28　徳泉寺門前の至徳寺跡碑

最勝寺は現、上越市東雲町、直江津駅の南側、現在、徳泉寺のあるあたりにあった至徳寺（写真28）の塔頭、最勝院である。守護所はその東側近くという位置関係になり、賓客の宿泊所の役割も果たしていた。至徳寺は上杉家の菩提寺であり、房定が手厚く保護した。長享二年（一四八八）、十刹に列するように幕府に強く要請して（『蔭涼軒日録』長享二年四月八日条）、それは没後の明応八年（一四九九）に叶うことになる（『鹿苑日録』十一月十七日、十八日条）。また、この寺は関東管領であった上杉氏の仲介役として関東の寺院住職の任命に関する座公文《ざくもん》に関わり、越後特産品の輸送にも携わっていたという。

万里集九《ばんりしゅうく》は第一章で触れた長享二年（一四八八）十月、府中滞在の時に、その寺を次のように越後三大刹の一つに数えている。


越の後州、至徳・雲門・安国三大刹有り。（『梅花無尽蔵』第三上）

尭恵はこの至徳寺最勝院から七月十五日に善光寺へ出かけ、翌々日十六日に戻って来て、八月末まで滞在した。

尭恵と上杉房定との親交については、家集『下葉集』に次のような詞書のある歌が載せられており、注目に価する。

写真29　貝掛温泉

越後鎰懸《かにかけ》湯治に、深山を分けてこもりゐ侍りしに、上杉相州常泰のもとより、さまざまのとぶらひ侍りしに

埋もれし雲踏み分くる便りまで思ひ知らるる山の奥かな

おなじ時、藤原憲輔がもとへ

心とは厭はぬ山の奥とてや住みこし里の夢に見ゆらん

「鎰懸《かにかけ》」は群馬県から三国峠を越えたとこ

柏崎市
新　潟（越後）
山室
長岡市
妻有
十日町市
坂戸城
南魚沼市
塩沢
湯沢
貝掛温泉
長　野（信濃）
苗場
みなかみ町
三国峠
沼田市
猿ヶ京
群　馬（上野）
中之条町
白井城
渋川市

ろ、石白郷（現、南魚沼市湯沢町）にあった貝掛温泉（写真29）と考えられる。常泰は房定の法名である。これがいつの時点でのことかは判然としない。往路での越後府中滞在中にこの温泉に出掛けた可能性も否定しきれないが、鎰懸は府中からは遠い。これは『北国紀行』帰路のことと考えるのが妥当であろうか。

尭恵は府中滞在の後に、先述したように、相模国、現、横須賀市芦名まで赴き、そこで東常和に「古今伝授（受）」を行い、再び越後へ戻ってくる。『北国紀行』の末尾には帰路、上野国から越後国に再入国のこととして次のような記述がある。

十一月の末に上野の境近き越後の山中、石白上杉相模守房定法名常泰旅所といふ所へ源房政にたぐへて帰路を催すべき由侍りしかば、白井《しろゐ》の人々、餞別せしに、「山路ノ雪」、

帰るさも君がしをりに東路の山重なれる雪や分けまし

二十七日、山雪に向かひて朝立ち侍り。利根川をはるかに見侍りて、

降り積みし雪の光や誘ふらん浪より明くる天《あま》の利根川

明くれば三国山を越え侍るとて、木曽路の空もこの重なれる嶺より続き侍らんと覚えて、

踏み分けてなかなか道や残るらむ雪に埋もるる木曽のかけはし

先に引いた『下葉集』の詞書中の藤原憲輔は市川憲輔で、前述した『古今集延五記』を尭恵から書き与えられた和歌愛好者である。関東への長旅の疲れを上杉房定の配慮で、貝掛温泉で身体を休めたのであろう。そうであれば、房定は尭恵の旅全般を気に懸けていた。そこには上

杉氏と手を結んでいた東氏との関係、混乱の続く関東を通過してきたことに関する情報など、政治的な関心もあったのかも知れない。そのことはともかく尭恵の旅が上杉定房に支えられてのものであったことが窺えるものである。

因みに、この貝掛温泉のことは「鈎懸湯《かぎかけのゆ》」として、長享二年（一四八八）十月二日、府中に向かっての旅の途中の万里集九も詩を詠んでいる。

三日。鈎懸湯。余、抹過《まつくわ》してこれを見ず。

石鏬《せきか》湯泉《たうせん》、路開くと雖も

煙は山舎を埋めて二、三纔《わづ》かなり

路人告げざれば、漫《みだ》りに空しく過ぐ

若《も》し是れ江南ならば定めて梅有らん

此の夕、石白の泉福寺に宿る。或いは石城とも曰ふ。（『梅花無尽蔵』第三上）

「抹過」は通り過ぎてしまう、「石鏬」は石の間の意。湯が石の間から湧く鈎懸湯まで道が通じていたが、そこには山小屋が二、三軒あるだけで、煙に覆われていて分からなかった。土地の人が教えてくれなかったので通り過ぎてしまった、というのであった。

道興『廻国雑記』の旅

ちょうど時を同じくして、聖護院道興准后が越後国府中にやってきた。洛北の長谷《ながたに》を出立して間もなく、大原越えの途中の朽木《くつき》で出会った、善光寺詣でをしたいという行印法印を一行に加えての来訪である。この旅は道興自身の手で『廻国雑記』として記録された。京を出てから越後までの旅程は第一章・第二章などで簡単に見た。

出立のところだけ再確認すると、道興の旅は文明十八年（一四八六）六月十六日に居住していた現、京都市左京区岩倉長谷《ながたに》町を出で立つところから始まる。『後法興院記《ごほうこういんき》』同年六月六日の条に、

　晩景、聖護院来さしめ給ふ。北国巡礼に依りて、方々御暇乞ひに参らると云々。

とあることからも分かるように、聖護院門跡としての廻国巡礼の名目での旅であった。『新潟県史　通史編2　中世』では「道興准后が二〇〇人に及ぶ供衆を従えて来た」とする。この供衆の人数が何によったのかは詳らかにし得ないが、道興が文正元年（一四六六）七月二十二日に出立した近畿から西国への廻国では、『後法興院記』の同日の条に次のような記載が見え、道興の旅がかなり大がかりなものであったことは推測できる。

　山臥五十人、京中うち送る。坊官以下一、二百人なり。

道興は近衛房嗣《ふさつぐ》の息、永享二年（一四三〇）に生まれ、文亀元年（一五〇一）九月二十三日に没しており、尭恵以上に宗祇の生涯と重なる。連歌を愛好し、第一章に先述したが、文明四年十月二十六日には美濃において、専順・宗祇らと「何路《なにみち》百韻」を巻いている。また、明応九年（一五〇〇）五月七日にも「何路百韻」の会で宗祇と同席しており、宗祇との関係も深かった。

同行したという行印法印はその経歴を詳らかにし得ないが、『廻国雑記』には次のようにある。

行印法印といへる法師侍り。専順法眼が同朋なり。いにしへ連歌の席にてたびたび逢ひ侍りき。朽木より供し侍るが、善光寺参詣の望みありとなむ。小浜に暫く休みて、波を眺めて、かの法印に申し掛けける。

陰涼し立ち寄り波の浜楸《ひさぎ》

真砂露けき夏の村雨　　行印法印

これによれば、専順の同僚で連歌好士であったという。寛正二年（一四六一）正月二十五日、心敬の十住心院で細川頼久を迎えての「何路百韻」に参加、六句を詠んでいる「行印」はこの行印法印だと思われる。

一行は道筋の霊地を訪ね訪ねして、出立からひと月後の、七月十五日に越後府中に到着した。『廻国雑記』には、

七月十五日、越後の国府に下着。上杉兼ねてより長松寺の塔頭貞操軒といへる庵を点じて宿坊に申しつけ相模守路次まで迎へに来たり。七日逗留。毎日、色をかへたる遊覧ども侍り。ここを立ち侍るとて二首の詠を残しとどむ。

千歳《ちとせ》経むしるしを見せてこの宿の軒端に高き松のむら立ち

日数経て馴れぬる旅の中宿り名残は尽きじ都ならねど

とある。尭恵と相違して、道興の来訪は相模守、つまり上杉房定にあらかじめ連絡されていたのである。房定はわざわざ出迎えに出ている。しかも、二十一日までの七日間の滞在中、所々を遊覧案内されたという。このようなものが准后たる者の廻国巡礼であったのであろう。

宿坊に当てられた長松寺は尭恵が滞在した至徳寺の塔頭の一つ長松院のことである。尭恵は至徳寺最勝院に七月十六日から八月末までいた。両者はお互いの存在を知り得たと思うが、このことについての記録はまったくない。道興の滞在中、尭恵は鎰懸《かいがけ》温泉に湯治に行っていて、府中にはいなかったという可能性もあるが、それは考えにくいことは先述した。このあたりの事情は不明である。

同行した行印の方はどうしたのであろうか。道興はこのあと、越後海岸沿いに柏崎の方へ向かうが、行印は善光寺詣でが目的であったのであるから、ここでふたりは別れたのであろう。行印は国府（府中）に何泊したのかも不明である。すぐに善光寺へと旅立ったのかも知れず、帰路は府中に戻らなかったのかも知れない。

道興の『廻国雑記』には多くの和歌が記しとどめられており、時折、連歌句も見える。この点では連歌紀行の性格も幾分感じられるものである。ただし、道興のような身分の者を連歌師と呼ぶことはできない。高僧の紀行にもこの時代になれば、和歌以外に連歌句も見えるようになったという時代の変化を見て取ることのできるものとして、このことは注意しておきたいと思う。

房定時代の越後国府中は千客万来の様相を呈していたといってよく、その客のうちのしかるべき身分の者は至徳寺に宿泊所が設けられた。宗祇や宗長はどうであったかは分からない。宗祇と房定との関係の深さから至徳寺に宿があったとしても不思議ではない気もするが、道興や尭恵のような身分ではなく、一介の連歌師ということであり、特に第七章で述べる最後の滞在は終の棲家を求めてのことであるので、住み続けるのに相応しい庵が用意されたと考えるべきかと思う。それは第一章で言及した宗祇の師、専順が美濃で用意された春楊坊のような庵である。ただし、そこがどこであったかはまったく不明である。ある時は守護所近くに、ある時は尭恵が至徳寺に招かれる前に滞在したような「海士の苫屋」があったようなところに、ということかも知れない。

第四章　上杉定昌墓参の旅（第四回）

上杉定昌の自害

宗祇が四度目に越後府中に向かったのは、尭恵・道興らの二年後、長享二年（一四八八）のことである。五月九日に京を出立、二ヶ月後の七月十日以前に府中を出、帰路は越前に立ち寄って、九月三十日に帰京した。この旅の主たる目的は急死した守護上杉房定《ふささだ》の長男、定昌《さだまさ》の墓参であった。

宗祇はこれより前、文明十八年（一四八六）七月か八月には朝倉氏景《うじかげ》の弔問のために越前一乗谷に下っている。氏景は七月三日に没した。孝景の跡を継いで間もない頃で、嫡子、貞景《さだかげ》は十四歳であった。一向一揆が勢力を伸ばしていたむずかしい時期であった。この間の宗祇の動向の詳細は不明であるが、『実隆公記』九月十六日の条に、宗祇来たる。去る頃、越前へ下向、一昨日上洛云々。

とあり、十四日に帰京していたことが分かる。

また、上杉房定との関係では、この年の九月二十七日に、房定から援助を得たことに対する礼状が近衛政家から宗祇に届けられている。この記録は連歌師である宗祇という存在の役割の一端を示していて注目すべきものである。『後法興院記《ごほうこういんき》』のその日の条には、まず、

宗祇、上杉知己の間、愚状以て仰せ遣る旨有り。当時の連歌師なり。出家の身為る間、直状を遣はす。

とある。ここには連歌師である宗祇が上杉房定と知己の関係であることが述べられ、したがって自分の書状を託したことが記されている。「出家の身」云々は宗祇が出家身分、つまり一般の身分外の者であるから、普通はあり得ないことであるが、身分違いの自分が直接に宗祇宛に手紙を出したという意である。

この記事の後ろに「書き足し」として、政家が宗祇に出した書状が写されている。内容は定房が相模守の官途を得たことに対して、自分に「芳志」をくれたことと、吉田神社の社頭造営費のことを善処するという「芳言」を得たことに対するもので、末尾に、

彼是《かれこれ》、便宜を以て然るべき様伝達候は、本意為るべく候なり。

とあり、宗祇がこれらのことに便宜を果たしてくれたことに感謝しているものである。

これらは二年前のことではあるが、今度の越後下向が、建前としては定昌の墓参のためであっ

たとしても、他に幾つか宗祇に担わされた役割があったことを推察させるものである。どちらが主たる目的であったかはあまり詮索する必要はないのであろう。地方へ下向する連歌師という存在はいずれさまざまな役割を担う存在であったということである。

定昌のことに話を戻すと、当時の関東は、房定の尽力による「都鄙合体」によって「享徳の乱」は一旦終わりを告げたものの、平安の長く続かない状況下にあった。房定の次男である顕《あき》定《さだ》は請われて山内《やまのうち》上杉家を継ぎ、関東管領職にあったわけであるが、その顕定と扇谷《おうぎがやつ》上杉定正の反目がしだいに激しさを増してきたのである。定正にとっては越後上杉氏を背景にした山内上杉氏の勢力の拡張に不満であった。堀越公方《ほりごえくぼう》と古河公方《こがくぼう》の抗争に加えて、関東の上杉氏に内紛が起ったのである。

定正は疑心暗鬼の末に、扇谷上杉氏を支えてきたもっとも重要な家臣、太田道灌《どうかん》を相模国糟屋《かすや》（現、神奈川県伊勢原市）の自邸で謀殺した。文明十八年七月二十六日のことである。先の章で取り上げた尭恵はちょうどその事件が起こった頃、『北国紀行』の旅の帰路におり、武蔵国から上野国あたりを通過していた。

太田道灌の息、資康《すけやす》は主家の裏切りに合い、顕定に庇護を仰いだ。定正の方は古河公方、足利政氏と手を結ぶ。こうして「長享の乱」が始まる。その戦乱の中で房定の息、弟の顕定を支援していた定昌が長享二年三月二十四日、突然、白井《しろい》城で自害を遂げたのである。『蔭涼軒日録』四月六日の条には次のようにある。

上杉民部大輔殿、三月二十四日自害の訃音、今日到来云々。侍従は数輩自害云々。

詳細・理由は不明である。『新潟県史　通史編2　中世』は越後上杉氏の家督相続をめぐって、定昌より二十歳ほど年下の三男の房能《ふさよし》を支持していたかにみえる一派の策謀を推測し、さらに井上鋭夫『上杉謙信』が主張している長尾能景《よしかげ》の首謀説を挙げている。それに対し、『上越市史　通史編2中世』では、そのような考えは「のちに上杉家を掌握した房能・能景を遡及的に捉えたものである」とし、「すでに常泰（房定）の家督は、実権はともかく形式的には定昌に譲られて」おり、当時、太田道灌の暗殺を契機にして、常泰・定昌が支援する山内上杉顕定は扇谷上杉定正と対立して戦乱状況にあった。そして、

定昌の死後、常泰は越後勢を遣わしてみずからも越山して上野白井に入り、総力をあげて、六月に武蔵須賀谷原で戦い、十一月に高見原で合戦しており、定昌の弔い合戦であるかのように扇谷上杉氏との戦闘が激化する。このことを考慮するならば、定昌の死は扇谷上杉の手による謀殺であったと捉えた方が自然ではないか。

と述べている。首肯すべきであろう。定昌は三十六歳であった。

尭恵は定昌自害の前年、『北国紀行』の旅で定昌と会っている。この紀行には白井付近での事跡が次のように描かれている。幾分、先に引いたものと重なるが、白井の人々と別れるところまで引いて置きたい。

九月十三夜、白井戸部《こほう》亭にて、松ノ間ノ月、

　澄みまさるほどをも見よと松の葉の数あらはなる嶺の月影

九月尽に長野陣所小野景頼がもとにて、「暮秋ノ時雨」、

　誰が袖の秋の別れの櫛の歯の黒髪山ぞ間なく時雨るる

十一月の末に上野の境近き越後の山中、石白上杉相模守房定法名常泰旅所といふ所へ源房政にたぐへて帰路を催すべき由侍りしかば、白井の人々餞別せしに、山路ノ雪、

　帰るさも君がしをりに東路の山重なれる雪や分けまし

「白井戸部」は父、房定の官途である民部大輔を継いでいた定昌のことである。「長野」は高崎市北西部、榛名山の麓の地名で、のちにその山沿いに箕《みの》輪《わ》城（写真30）が築かれた。白井宿（写真31）からは伊香保の東側を回って十九・五キロメートルほどでのところである。尭恵はこのあたりの武将の館を巡りながら数ヶ月を過ごしていたらしい。

写真30　箕輪城本丸跡

　注意すべきは定房が越後の石白に旅所を置いていたということである。石白は先述したように現、南魚沼市湯沢町である。定房は関東が再び戦乱状態になったことをみて、上野国境近くまで軍を進めていたのであろうか。その後、関東に進軍することになるが、いつまで関東にいたかは不

明である。

定昌墓参へ

このような切迫した状況で定昌は頓死した。その報は都にも伝えられた。宗祇は三条西実隆邸でその死を話題に上らせている。『実隆公記』四月九日の条に、次のようにある。

宗祇法師来たる。去る五日の会始《くわいはじめ》の事等これを賀す。次いで、今度下向すべき北国の間の事等これを談ず。次いで、上杉相模入道子息民部大輔、生年三十六才、関東に於いて去る月二十四日頓死云々。もし切腹歟《か》と云々。言語道断の由これを語る。無双の仁慈、博愛の武士なりと云々。不憫《便》不憫《便》。この次いで種々雑談の事等有り。且つ宗祇老後遠国下向の間、再会期し難し。もし万歳に□□ば聴書等、必ず予に与奪すべきの由等、懇《念比》ろに対談す。感涙を催すものなり。言ふ莫かれ、言ふ莫かれ。

写真31　白井宿（近世の遺構）

当時、連歌師としての宗祇は重要な時期を迎えていた。三月二十八日に将軍、足利義尚《よしひさ》から北野天満宮連歌会所奉行および宗匠に任命され、四月五日は宗匠開きの連歌を連歌会所で催している。『実隆公記』中の「去る五日の会始の事等これを賀す」はその連歌興行に関する祝いの言葉である。宗祇は実隆の祝辞を受け、その後、北国下向の意志を告げた。次いで、定昌の死のことが語られる。

宗祇が定昌の死をいつ知ったかは不明であるが、この実隆への報告の直前のことであったであろう。定昌の死から二週間ほど後ということとなる。先に見た蔭涼軒への報告を伝え聞いたのであろうか。逆に宗祇から蔭涼軒へということも宗祇と越後の関係を考えればあり得ることかも知れない。

宗祇は上杉定昌が「無双の仁慈、博愛の武士」であったと語った。「不憫不憫」は実隆の心情であろうか。この『実隆公記』の記述は、宗祇の定昌への敬愛を示すものであり、このような感情の理解からも、この時の越後下向は定昌の墓参のためということがこれまで重視されてきた。

しかし、この時の越後下向を定昌への限りない哀悼のためだけと捉えてよいかどうか。勿論、この後に宗祇が追善の和歌を人々から募るなど、宗祇が定昌の死を軽視していたわけではないが、ここでの『実隆公記』の記事は虚心坦懐に読むと、それほど宗祇が定昌の死に衝撃を受けているようには読めない。

まずこの記事は宗祇の会始めの祝賀で始まり、「北国の間の事等」が相談され、定昌頓死のことが間に挟まれて、再び、「種々雑談」がなされ、宗祇が「遠国下向」して無事に帰京できるかどうかの心配の話になり、もしもの時の「聴書」の処分のことが話されているのである。結びの「感涙」は宗祇のもしもの時の覚悟に対する実隆の心情であろう。

ましてや、宗祇の「遠国下向」が定昌の墓参と直結することとも読み取れない。この記事によれば、下向の話が先で、その雑談の中で、定昌の死のことが語られており、しかもその下向先は「北国の間の事」に絡むこととあって、特に越後とはされていないのである。

北国とは若狭・越前なども含むのであり、「北国の間の事」とは三条西家に関わることであった可能性が高い。そのようなことに関わる「遠国下向」のことが先に決まっていて、その予定でいたところ定昌の死を知り、その墓参が目的の一つとして取り上げられることになったというのが真相なのではなかろうか。

宗祇は六十八歳であった。実際にはこれから十四年の余命を残していたが、それは結果であって、すでに老齢に達していた。もしものことを案ずる悲壮的な吐露が、定昌墓参という思いがけない出来事で遠国へ下向しなければならないことから来るものなのか、それとは関係なく断ることのできない下向に対する真情から来るものであったのかは再考すべきことかと思う。

いずれにせよ、宗祇は定昌墓参を目的のひとつにし、その準備をした。定昌追善として「(安養院追善)一品経和歌」を墓前に供えたいというのである。「安養院」は定昌の院号である。

宗祇は四月十一日に再び実隆邸を訪れ、実隆にもその詠作を依頼する。

宗祇法師来たる。一品経勧進の事これを談ず。上杉民部大輔追善、宗祇興行なり。彼の法師この主恩を蒙ると云々。仍て懇丹の趣なり。念珠を持ちすべて作法を見及ばざるなり。哀慟甚しき歟《か》。

ここには宗祇の定昌への思いが切々と記録されている。数珠を手にし、作法に外れるような様子であったという。次第に定昌の死が実感されてきたのであろうか。「主恩」を蒙ったとあるが、具体的なことはよく分からない。父の房定には長年の恩顧に預かっていた。定昌への思いは子を失った房定への思いと表裏一体のものであったに違いない。定昌の死に越後長尾氏の影、それに対応して老齢を迎えつつある守護、房定の衰えへの危惧があったとすれば、越後の最新の状況をはやく把握する必要があったのかもしれない。それは越後と深い関わりを持っていた実隆の思いでもあったはずである。

宗祇はこのような準備をしている間に近江の足利義尚の陣所に出かけている。四月十六日から八回にわたって『伊勢物語』の講釈をしている。また、その期間に義尚と両吟百韻を巻いて面目を施したことを、五月三日、実隆邸に赴き報告している（『実隆公記』）。さらに、二十九日にはその百韻を宗匠開きの連歌とともに北野天満宮に奉納した（『松梅院禅予記』）。そのようなあわただしい中での越後下向であった。

『実隆公記』五月八日の条には次のようにある。

宗祇法師、明日、越後国へ下向すべしと云々。扇歌三本、所望に依りて今日これを書き遣はす。

これによれば宗祇は長享二年五月九日に、都を出立したことになる。「(安養院追善)一品経和歌」の完成を待ってということかも知れない。この追善和歌集には宗祇の他、青蓮院尊応《そんおう》・飛鳥井雅康《まさやす》(宋世《そうせい》)・姉小路基綱《もとつな》・肖柏《しょうはく》・飛鳥井雅俊《まさとし》・三条西実隆・飛鳥井雅親《まさちか》(栄雅)が名を連ねている。これらの人々がどのように定昌と関係があったかは不明な点が多いが、宗祇の親交のあった歌人たちではあった。

宗祇は下向に際して実隆に歌の記された扇三本を要望している。この扇は越後への手みやげと考えてよいのであろう。実隆はたびたび扇・団扇などに揮毫しているが、それは地方武士にとって願ってもない品であったのである。

宗祇がこのとき辿った道は分からない。おそらく第二回目の下向と同じ北陸街道を通ったと思われる。そして、六月中旬頃に越後府中へ着いた。宗祇の家集『宗祇法師集』には次の一連の和歌が収録されている。

上杉民部大輔定昌逝去のよし聞きて、越路の果てまで下りて、六月十七日、かの墓所に詣で侍りしに、いつしか道の草繁くなりしを分け暮らして、帰るさに、

君しのぶ草葉植ゑ添へ帰る野を苔の下にも露けくや見ん

ほどなく文月十日頃、帰り侍りし道に、観音のおはします堂に泊まりて、かの名号を句の頭《かしら》に置きて歌詠み侍りし中に、

瀬に変はる世を早川のみなれ棹さして迎へよ岸遠くとも

さまざまに形を分くる誓ひあらばうつつに見する面影もがな

一首目「君しのぶ」の歌の「苔の下」は墓所の意である。「露」は涙をも喩える。私が悲しみに泣いているのを君は墓の下から見ているであろうか、というのである。次の詞書の「かの名号を句の頭に置きて」とは、「南無観世音菩薩」の音を和歌の頭に詠み込むということで、「瀬に変はる」は「世」の音の「せ」を、「さまざまに」は「薩」の「さつ」の「さ」を詠み込んでいる。元来、順に詠んだはずであるが、ここではその一部の歌だけ抜き出したということであろう。淵が「瀬」に変わって流れが速くなって「早川」になるような世の中のはげしい移り変わりを見馴れているので、早くあなたは私を彼岸に迎えにきてくれ、という意で、宗祇の年齢に伴った厭世観をも感じさせる歌となっている。よく使われて水に馴れている棹の意の「水馴れ棹」に「見馴れ」が掛けられている。三番目の歌は「誓ひ」がさまざまな形で成就するならば、この世に現れて、私にあなたの姿を面影として見せてほしい、の意である。

定昌の墓所は現在不明であるが、府中近くにあったのであろう。上杉謙信の墓のあることで著名な春日山麓の林泉寺は明応六年（一四九七）七月、越後守護代、長尾能景《よしかげ》が父の重景《しげかげ》の十七回忌の供養のために建立した寺でまだ存在していない。

「分け暮らして」とは六月十七日から何日も草を分けて墓所に詣でて、という意味であろう。しだいに草も茂って、というのはあまり詣でる人もいなくなった、ということを含意するのだと思われる。宗祇は結局、秋七月十日頃まで越後府中にいて墓参を繰り返した。はじめの歌の詞書の「帰るさ」は墓地からの帰り道に、ということであろうが、「文月十日頃、帰り侍りし道に」というのは墓から寄宿していた所へ戻るということではなく、帰京することを意味するのだと思われる。

金子金治郎は「宗祇越路の旅を考える」の中で、うしろの二首について次のように述べている。

読み入れた地名と「さまざまにかたちをわくる」等から、糸魚川市の早川と、それに臨む日光寺十一面観音での作と知られる。

宗祇句集『下草』草案本に、

上杉相州の亭月次に人にかはりて

明日も来む頃は花野の小鷹狩

という発句が見える。「上杉相州」は房定である。「花野」「小鷹狩」はいずれも秋の言葉である。次節で述べるように、『下草』草案本の句はこの時期の句である可能性がある。そうであれば、これは府中を離れる直前の句ということになるがどうであろうか。「明日も来む」にはもう来ることはできないが、という含意がある気もする。

墓参からの帰京

宗祇は越後を立ってから、およそ二ヶ月半後、九月三十日に都へ戻った。『実隆公記』十月

二日に条に、
晩に及んで宗祇法師来たる。一昨日、越前より上洛云々。
とある。「越前より」とあることから帰路はあきらかに北陸街道経由であったことが分かる。ただ、「越前より」という記述が単に経由地を示しているだけではなかったはずである。宗祇が越前を訪れたことの意味の重さを感じさせる。それは日記筆者の実隆にとっては特にそうであって、実隆には越後より「越前」の方が重要であったのかも知れない。
宗祇は自撰の第三句集『下草』の草案本を延徳二年（一四九〇）から延徳三年春頃に編纂している。次章で述べるように次の越後下向は延徳三年五月二日のことであるから、この草案本中での北陸関係の句はこの第四回までのものということになる。この内、第一句集『萱草』、第二句集『老葉』（初編本・再編本）に見えないものが前節に挙げた句以外に次のようにある。これらもこの第四回下向の折のものである可能性がある。

① 神保能登守宿にて、橘を
橘の露に薫るや玉の枝

② 朝倉貞景館にて、同じ心を
おくや滝雲に涼しき谷の声

③ 越前国岩本道場にして
根やひとつ岩本薄さざれ荻

④　紅葉を
　かつ散らせ紅葉は峰の朝嵐

⑤　越路に侍りし頃、秋の暮に
　帰る秋身は五幡《いつはた》の山路かな

⑥　越に罷りし時、或る人のもとにて
　庭は今朝淡雪いく重有乳山《へあらちやま》

①の「神保能登守」については第二章で言及した。『新撰菟玖波集』に二句入集した加賀畠山氏の被官、惟宗氏弘《これむねうじひろ》のことで、越中放生津に館があった。「越中放生津」は富山湾の港、能登半島の付け根に当たる現在の新湊である。「橘」は夏三ヵ月に渡るとされるものの、五月を橘月と呼ぶことからも五月のものとみなせるものである。

②の朝倉貞景《さだかげ》は文明十八年に父、氏景《うじかげ》を継いだ一乗谷の朝倉貞景で、当時十六歳であった。この句の「涼しき」は六月の季の言葉である。

③の「岩本道場」は越前国府（現、越前市武府）近くの今立にあった時宗寺院、成願寺のことで、「薄」「荻」は秋の季の言葉である。

④は東山御文庫本に「朝倉貞景所にて」とある句で、②と同じ朝倉貞景邸でのものと考えられる。「紅葉」は九月の季の言葉である。

⑤に詠まれた「五幡山」は敦賀の港から七、八キロメートルほど海沿いの道、敦賀街道を行っ

たところにある。この句は「秋の暮」とあり、九月下旬のものとみなせる。⑥は第二章で言及した有乳山を詠んでおり、北国では淡雪が降るようになったとする。

先に述べたように宗祇は五月に越後に向かい、帰路についていたのは、七月十日頃から九月三十日までである。これを考慮すれば、①と②の句は帰路としては時期的に少し早過ぎる。これらは往路であるか、もしくはこれ以前の下向の時のものであろうか。これらの句を往路のものとすると、宗祇は五月九日に都を出て、五月のうちに越中放生津へ、その後、六月に入って越後府中に着いたということかも知れない。もしくは、六月はじめに一乗谷朝倉邸に寄って越後へという可能性もあろう。

他はこの時の帰路での句とみなして問題はない。そうであると、宗祇は七月十日頃に越後府中を出て、越前府中の岩本道場に八月頃、越前一乗谷の朝倉貞景邸に九月はじめ、そして五幡山あたりを九月中旬から下旬に通過して、北国に雪が降り始めた頃、帰京したということになる。

越後府中に滞在していた期間がひと月足らずであったこと、この帰路での日数のかけ方、往復で朝倉邸に立ち寄っている可能性のあることなど、宗祇の真の目的がどこにあったかを窺わせるものであると言える。定昌の死をめぐる話が出た記事で、「北国」とあったのはその死を知る前に、宗祇は実隆の関係で越前、特に朝倉氏を訪ねる予定があったことを意味しているのではなかろうか。

宗祇の第四回目の越後下向はこのようにして終わったが、十月十一日には北野天満宮連歌会所を管理していた松梅院の禅予に越後の小笠原美濃守の書状を届けている（『松梅院禅予記』）。当然のことながら、どのような目的の旅であったとしても、このような伝達を依頼されればそれを果たすのも旅に出た連歌師の役割ではあった。

第五章　たびたびの越後下向（第五回・第六回・第七回）

老齢での下向を歎く（第五回）

越後から帰京後、宗祇は翌年、延徳元年（一四八九）三月二十九日、文明十二年（一四八〇）に訪れて以来、再度、周防国の大内政弘のもとを訪れるために都を出立した。これに先だって二十四日には三条西実隆から餞別として伏見殿（邦高親王）の手で歌の書かれた扇を貰っている。宗祇自身の旅費に充てるのか、政弘への贈物とするのかは分からないが、このようなものが貴重であったことは確かである。

この周防下向についての詳細は省くが、九月中旬頃には帰京している。周防で『伊勢物語』の講釈や連歌会を頻繁に催していることからは、文事による招聘ということではあったであろうが、『実隆公記』九月十七日に、宗祇法師、九州より上洛。今日来たると云々。他行の間謁せず。遺恨遺恨。

とあって、宗祇が折角報告に来たのに会えなかったことの無念を述べ、翌日の記事には次のようにあることは注意しておかなければならない。

使者を宗祇法師もとへ遣はす。昨日謁せざること遺恨。上洛珍重の由これを申す。午後来たる。竜翔院、書状并びに緞子一反《段》これを送らる。丁寧の書状なり。大内左京大夫政弘書状則ち到来。昇進の事に就きて、太刀・用脚等これを送り給ふの由なり。便船近日着岸すべしと云々。

三条西実隆が帰京した宗祇にこれほど会いたかったのは、大内政弘からの進物を期待したからだったのではなかったろうか。「緞子《どんす》」は高級な絹織物である。中国からの輸入品と思われる。これを竜翔院、当時政弘のもとにいた三条公敦《きんあつ》のことであるが、その竜翔院から一反《端》、大内政弘からは官途昇進にかかる経費として太刀および金銭（用脚）を送るという書状を宗祇は持参したのである。「便船」云々は明との貿易船のことかも知れない。そこには輸入品の贈物に関しての実隆の期待感が示されている。

この時期の大内政弘との接触は当時企画されていた「打聞（勅撰和歌集）」成就のためであった可能性が指摘されている。ただし、その推進者であった将軍、足利義尚《よしひさ》は宗祇が都を出る直前、三月二十六日に没してしまった。緊急事態であるが、宗祇は予定を変えることができなかったのであろう。

計画された勅撰和歌集はついに作られなかった。以後、宗祇は和歌集編纂の計画が消えたことで連歌集編纂へと向かう。それは『新撰菟玖波集』として成就するが、そのことはここでは擱いておきたい。

この年、延徳元年十二月、宗祇は北野天満宮連歌会所奉行および宗匠職を辞任した。一年半ほどの就任であった。辞任の理由に関してはあれこれ推察されているが、自分を任じた義尚の死、古稀を迎える直前という老齢、地方に出掛けることが多く、職が全うできないことなどによるのであろう。『松梅院禅予記』十二月三日の条には、

宗匠の事。宗祇は老躰に就きて、色々勢州へ申さるるに依り。大根《おほね》、擱さるるべきと云々。

とある。「擱す」は辞めるの意。「勢州」は伊勢貞宗である。当時、幕府の政所執事であり、将軍の側近として力を振っていた。その貞宗へ宗祇は「老躰」を理由に辞任を願ったのである。

宗祇は後継者に将軍の近臣である明智頼連（玄宣）を推した。将軍家連歌の宗匠としてそのような立場の者がふさわしいと思ったからに違いない。しかし、最終的には北野天満宮松梅院禅予の希望もあって兼載に決まった。この成り行きは宗祇と兼載の確執によるとされることがあるが、それより、奉行・宗匠職に対する宗祇と北野天満宮側の思惑の違いによると考えた方がよい。禅予は将軍家への奉仕より連歌壇全体の権威たることを望んだのだと思われる。

公職を解かれた宗祇は翌年の延徳二年には連歌会への出席、『源氏物語』講釈や古典の書写など文事にいそしんでいる。そのような中で次の『実隆公記』三月十八日の条の記事は前年の

周防下向と絡むことで注意を払っておきたい。

早朝、宗祇法師もとへ使者を遣はす。周防国到来の用脚の事、彼の返事等を申し合はし、これを調へ遣はし了んぬ。午後、宗祇法師来たる。

大内政弘の昇進に関係する用脚（経費）が届いたことについて宗祇と打ち合わせるために宗祇を呼びつけているのである。このような事柄の仲介役として宗祇の立場の分かる記述である。

一年余、遠国まで出掛けることのなかった宗祇が、越後へ五回目の旅に出たのは、この翌年、延徳三年（一四九一）五月二日のことであった。宗祇はこの下向に先立って三条西実隆に留守中、所蔵の書物などの保管を依頼している。『実隆公記』四月二十三日の条に次のようにあり、

宗祇法師、人丸影これを持ち来たる。来月上旬、越州へ下向すべし。其の間これを預け置くの由なり。

四月二十九日の条に次のようにある。

宗祇法師入り来たる。古今集聞書以下和歌相伝の抄物等一合、封を付けこれを預け置く。老生遠路の旅行、再会期し難きの間、もし帰京の儀無くは、付属せしむの由丁寧にこれを談ず。此の外条々示事等有り。筆端を勒《ととの》ふること能《あた》はざるや。越前国田野村の事、然るべき様入魂すべきの由、同じく彼の法師に命じ了んぬ。

宗祇は今度の下向に関して、「再会」することはむずかしいかも知れない、無事に帰って来られなかったら「古今集聞書」や「抄物」など預けておくものを差し上げる、などなど悲壮な

決意を述べている。「此の外条々示事等」は自分の没後のことの指示であろうか。徐々に身体に自信がなくなってきたのであろう。前年、三月二十三日にも自分が年老いたことを語ったことが『実隆公記』に書きとどめられている。

宗祇法師・玄清法師等来たる。宗祇語らひ云ふ。吾が庵室に松を栽《う》う、吾が長生、今に於いては術《すべ》無きの間、一首詠む。

住み馴れし宿をば松に譲りおきて苔の下にや千世の陰みん

「苔の下」は墓の下の意である。宗祇がこの時期から気が弱くなっていることが見てとれる。前年に奉行・宗匠職を辞任したのも故なしとしない。それに対して、先の記事では、実隆は宗祇の悲痛の思いを日記に書き留めることもままならないほど悲しんだと言いつつ、次に越前国の荘園、田野村のことをしっかり頼むと命じているのは皮肉にも感じられる。

越後への往復、帰京

宗祇は実隆に先のように後の事を頼んで、五月二日に都を立つ。『実隆公記』五月一日の条には、

宗祇法師来たる。明日進発治定云々。晩及んで使者を遣はす。予、暇を請ふ為に罷り向ふべきと雖も、歓楽の旁故障《かたがた》の間、其の儀無し。早々上洛、相期すの由、これを命じ了んぬ。

とある。見送りに行きたいが「歓楽」の不摂生がたたって身体の調子が悪く行くことができない。できるだけ早く都に戻って来い、というのである。老齢で気の弱くなっていた宗祇へのいたわりであるが、先の二十九日の条に三条西家の荘園である「越前国田野村」のことをしっかり交渉してくれ、と命じていることからも、この下向は実隆の意向によってなされた可能性が高い。勘繰れば、実隆の心配は実隆自身のためとも言える。これまであまり愚痴をこぼしたことのない宗祇が老齢のつらさを歎き始めたので実隆も後ろめたかったのであろうか。

宗祇のこの後の動向は不明であるが、実隆の依頼もあるので北陸街道を越後まで下ったのだと思われる。前章で話題にした『下草』は草案本の後、明応元年（一四九二）頃に初編本として整理された。したがって前者になく後者に見える作品はこの第五回の下向の折のものと考え得る。次の二句である。

①　遊佐弥九良長衛の館にて

梅を風伝へて匂ふ樗《あふち》かな

②　越中放生津にて

月や舟葦そよぐ江の秋の露

①の「遊佐弥九良長衛」は第二章で言及した初編本『老葉』に見える遊佐長滋《ながしげ》の子の長衛、もしくは『富山県史』で考察するように長滋の庶家筋の人物である。長衛であるならば『新撰菟玖波集』作者である。この句には「樗」が詠まれており、五月の句である。時節を考慮すれ

ばこの句は往路でのものと言える。

②の「越中放生津」については前章で述べた。現在の新湊である。「葦」は八月の季の言葉である。これは帰路でのものであろう。

宗祇は府中にいる間の七月十八日、かつて大内政弘に贈った『詠歌大概注』を書写している。これは恐らく上杉房定のためのものと考えられる。

②の句を考え合わせれば、この後、七月中には越後を離れたのであろうか。大取一馬「宗祇の詞字注とその成立時期について」によれば、八代集の歌語の注解書である『詞字注』をこの年の八月に執筆している。この執筆を金子金治郎「宗祇越路の旅を考える」では越前一乗谷でのこととしている。

十月三日に無事に帰京した。帰路は若狭を経由してのものであった。『実隆公記』十月四日の条に、

宗祇法師上洛。昨夕、若狭より入京云々。暫く雑談す。

とある。

途中で若狭に寄っていることに関わって、伊地知鉄男は『宗祇』の中で、次のようなことを述べている。

宗祇は恙なく今次の旅行を済ませ、若狭国小浜へ迂回して、去る二年六月廿一日死去の武田国信大膳大夫入道宗勲の墓前に額づき、帰庵したのが十月三日夕刻のことであった。

ただし、このことに関しては具体的な資料に欠け、真偽は不明である。若狭を経由したのは墓参のためであったのかどうか。墓参はしたとしてもそれは二次的な理由であった可能性が高い。

帰京後の十月六日には下向にあたって預けてあった書物を実隆から返却してもらっている。実隆はそれと同時に越前田野村について問い合わせの書状を宗祇に出している。『実隆公記』の同日の条には次のようにある。実隆にとっては田野村のことが最大の関心事であったようである。

宗祇法師下国の刻、預け置く所の抄物、櫃一合、今日これ返し遣はす。越前田野村の事、同じく書状以てこれを申し遣はす。

この時には人丸影（柿本人麻呂の画像）の方は返されていない。失念していたのか、自分のところに留めておきたかったのかは分からないが、しばらく経って、宗祇の方から催促された。十二月四日の条に、

宗祇法師預け置く所の人麿像、今日これを乞ひ請ふ。仍て遣はし了んぬ。

とある。

この人麿（丸）像は三月二十四日の条に見える、色紙に藤原信実が描き、藤原定家が賛したものを土佐刑部少輔光信が写した「人丸像新図」で、宗祇の庵での歌会に懸けられていたものであろう。十月十一日の条には、兼載が「沽却物（売却物）」だとする、藤原信実《のぶざね》が描き、御子《みこ》

左為重《ひだりためしげ》が賛を付したという人麿像を実隆に見せると、実隆が「頗る所望の物なり」と述べたという記事もある。先述のものとこれとの関係は不明で、またこれを実隆が買ったかどうかも分からないが、歌会での使用もあってか実隆は人麿像に執心があったのであろう。

なお、この宗祇の越後訪問よりも二ヶ月ほど前、冷泉為広が細川政元に伴って越後に赴き、その記録として『為広越後下向日記』を残したことは、第二章で言及した。為広らは延徳三年三月三日に都を出発し、三月十九日に越後府中に到着、四月十日に帰京の途につき、四月二十八に都に戻っている。二ヶ月足らずの離京であった。

この為広らの越後下向が何を目的としたかは、『為広越後下向日記』の冒頭に、「細川右京大夫諸国名所ども一見し侍らんとて」誘われたとあり、これによれば諸国遊覧の旅ということができる。しかし、往路、越前国北庄の朝倉孫二郎のもとに立ち寄り、銭二千疋を、越中国蓮沼の遊佐氏からは馬・太刀を、上杉房定《ふささだ》からは到着時に銭一千疋・太刀などを、滞在中に越後布十反・太刀・馬など、帰国時に銭一千疋・馬・打刀・唐錦一反・太刀などを、帰路にも朝倉孫二郎から銭一千疋・太刀などを贈られており、かなりの実入りになった旅であったことを鑑みれば、単に遊覧だけが目的であったのではなかったであろう。

これは、当時の公家らの地方下向が多かれ少なかれこのような面のあったことの一端を示している。

『新撰菟玖波集』編纂に向けて（第六回）

前回の越後訪問以後、翌年の延徳四年（明応元年）は遠国に出かけることなく、自庵、種玉庵を中心とした活動であったようである。しかし、次の明応二年夏にはまた宗祇は越後に赴くことになる。通算六度目ということになる。

近衛政家の日記『後法興院記《ごほうこういんき》』明応二年（一四九三）閏四月三日の条に、

宗祇来たる。一盞を給ふ。明後日、越後へ下向云々。

とあり、近衛政家のもとに挨拶に訪れている。「一盞」は一杯の酒である。これが単なる挨拶なのかどうかは不明であるが、当時、宗祇が連歌会などを含め、政家と密接な関係にあったことは『後法興院記』の記事などでうかがい知ることができる。

この記事を信ずれば宗祇は明応二年閏四月五日に京を出立したことになる。その後の動向は不明でどのような道筋を取ったかは分からないが、第一章・第二章で紹介した『廻国雑記』や『為広越後下向日記』などと同じように北陸街道を使って越後府中に赴いたと思われる。

帰京については、『実隆公記』明応三年二月十三日の条に、

宗祇法師、書状これを持ち来たる。来月上洛すべしと云々。返事遣はすべきの由これを報ぜ了んぬ。

とあって、明応三年三月のうちに戻ってきたらしい。『大乗院寺社雑事記』五月二十四日の条

には、

　越後の人来たる。宗祇方よりと云々。昨日京都より下向。京都色々雑説どもこれ在り。越中の公方御威勢云々。

という記事が見える。金子金治郎「宗祇越路の旅を考える」はこの記事について、

　この「宗祇方ヨリ」は、もとより越後滞在中の宗祇からの使であり、その使が更に京都から奈良へ下っているのである。

としている。そうであると先の『実隆公記』の「来月上洛」の話と矛盾する。「越後の人」は既に京都に帰っていた宗祇のもとに立ち寄り、さらに奈良に下向したということではなかったろうか。「越中の公方」は、足利義遐《よしとお》に将軍職を奪われた足利義材《よしき》のことで、当時、畠山氏を頼って越中に下向していた。

　いずれにせよ、先の『実隆公記』の記事でも分かるように越後滞在中、宗祇と三条西実隆との連絡は絶えなかったと思われるが、『実隆公記』はこの時期の記事を欠いていて詳細はよく分からない。

　この下向は、一年近くにわたる、金子説によれば一年以上にわたる、かなり長い期間のものであった。目的は不明であるものの、『新撰菟玖波集』編纂時期の直前であることから、これに関すること、上杉房定《ふささだ》の支援要請、その見返りとも言える、上杉氏関係者の句の収集などが考えられる。

『新撰菟玖波集』撰集にあたっての最大の支援者は大内政弘であるが、房定にもそれなりの負担が要望されたのであろう。結果としての房定の入集は、成立が没後であったこともあってか、二句のみと政弘に対してきわめて少ないが、上杉氏の家臣らの入集者数は大内氏関係者を越えている。

近衛政家は当時の公家中の第一人者であり、宗祇の関係深かった故一条兼良のあとを継いだ一条冬良とともに、連歌撰集完成には欠かせない人物であった。三条西実隆が実質的な推進者であったことは言うまでもない。

政家に対しては、『新撰菟玖波集』完成間際、巻頭句を寄せるように依頼していることが、次の宗祇の書状から読み取れ、この時期、これらの人々が『新撰菟玖波集』編纂にさまざまに関わっていたことが推測できる。この書状の内容は、『書の日本史』における奥田勲の解説中の要約によれば次のようなものである。

巻頭の句として元日の立春の句をお寄せ下さるよう申し上げましたが、初春の句を下さいました。これは公的な撰集にはふさわしくないと思われます。御製（後土御門天皇）、親王（尭胤親王）、東山殿（足利義政）の句はみな立春の句で、とりわけ親王の〈春は今朝〉は結構な句です。ですからぜひ山の霞の句をお寄せください。

問題は宗祇が明応二年に越後に下向した時期に、『新撰菟玖波集』編纂がどれほど具体化していたかであるが、この点については金子金治郎が『新撰菟玖波集の研究』の中で次のような

見方をしている。金子はまず、

新撰菟玖波集の撰集は、大内政弘の強力な後援によって進められるが、その機運は、延徳元年の宗祇の山口下向、続く延徳二年の兼載の山口下向によって醸成され、方向づけられたものであろうと思う。

とし、宗祇の山口（周防）下向の時には和歌撰集への協力依頼であったが、それが種々の事情で頓挫、連歌撰集へと方向転換していくと述べ、

延徳二年から三年にかけての兼載の山口滞在が行われる。これは新撰菟玖波集の成立にとって、重要な意味を持つものであったろうと思う。おそらくこの期間に、和歌の撰集はしばらく措いて、まず連歌の撰集へという方向が出てきたのではないだろうか。（略）（宗祇は）閏四月五日に京都を立って、越後へ下向する。帰洛は翌三年三月と、これもかなり長い滞在である。越後は宗祇にとって、故郷以上の故郷ともいうべき地であって、新撰菟玖波集への越後上杉関係の入集者は、句数はともかく、人数の点では、大内家を越えている。（略）宗祇のこの度の越後下向には、時期的に見て、撰集問題がからんでいたと思われる。長い間、宗祇に対して厚い庇護を惜しまなかった越後のことである、晴れの撰集に当たって、特別の配慮を持ったとしても、不思議ではない。

と推測する。このように考えれば、この折の越後滞在が長期に渡ったのは、越後関係者の句の収集、さらに想像をたくましくすれば関東関係者の句の収集のためとすることができよう。

ただし、金子はこの下向の目的、長期滞在の理由を「宗祇越路の旅を考える」では、先の論述を変えて、明応三年十月十七日に没する「越後大守房定の健康問題」、「足利義材の越中入り」の支援のためか、としている。しかし、それならば没時直前に帰京してしまったことに不自然さが残るし、義材支援ならば越中でなく越後になぜ滞在していたのかの理由が必要となろう。

宗祇が『新撰菟玖波集』に関わって越後でどのような活動をしたかも実証できないが、この折の越後滞在中でのことと思われる事柄が『宗祇法師集』の中の次の和歌で、ただ一つ判明する。

　　上杉民部大輔亭にて、二楽院くだり給ひし時の会に、「無《クテ》レ風花散《ル》」、
　花ぞ憂きかねて移ろふ秋の色を風より先にいつならひけん

この時の「上杉民部大輔」は房定《ふささだ》の三男、定昌《さだまさ》死後に父の元の官途を継いだ房能《ふさよし》である。「二楽院《にらくいん》」は飛鳥井雅康《まさやす》（宋世《そうせい》）のことで、この時、越後府中に滞在中であった。

雅康は永享八年（一四三六）生まれ、飛鳥井家歌道をよく受け継ぎ、連歌にも造詣が深く、『新撰菟玖波集』にも十一句が入集している。

この飛鳥井雅康が宗祇が越後にいた頃に同じように越後にやって来ていたのである。明応二年七月十日、京都を立ったことが『親長卿記《ちかながきょうき》』の同日の条に次のように見える。

　二楽院、今日越後国上杉在所へ下向。

雅康はこれより前、文明十八年十月十日にも越後に下向したことが『実隆公記』の十月九日

の条の記事で分かる。都での不遇のためか文明十四年に出家し、近江に居を移していた雅康にとって越後府中は居心地がよかったのかも知れない。

宗祇の事跡はこれ以外知ることができないが、府中では都の文人を交えて、歌会・連歌会が頻繁に催されており、宗祇がそれに加わっていたであろうことは推測できることである。

宗祇は明応三年三月に帰京した後、『新撰菟玖波集』編纂への具体的な準備を調えていくこととなる。『大乗院寺社雑事記』の明応四年二月二十日の条に次のように見え、明応三年の末には諸所に新集のための句の提供の依頼をし始めたと思われる。

> 宗祇書状、十二月二十七日状等、今日到来。新集連歌の事なり。

このように『新撰菟玖波集』編纂に向けての動きが見え始めた矢先、上杉房定が没した。明応三年十月十七日のことであった。その跡は三男房能が継いだ。中央政府においては明応二年二月、細川政元が新たな将軍として義遐《よしとお》（のちに義高・義澄）を擁立、第十代将軍、足利義材《よしき》を竜安寺に幽閉したが、同年六月に義材はそこを脱出して越前に奔り、権力の奪回をめざしていた。宗祇が往来した北陸街道はこのような不穏な状況に置かれていた時期であった。

上杉房能守護継承祝賀（第七回）

幕府の不安定な状況の中で、『新撰菟玖波集』は明応四年（一四九五）六月二十一日までに中《なか》書本《がきぼん》が完成し、その後、奏覧本完成、九月二十六日に奏覧、一応の完成を迎え、九月二十九日に六月二十日付での准勅撰の倫旨が伝達された。その後、部分的な訂正などがあったが、明応五年三月二十三日、『新撰菟玖波集』完成奉賛のための『長門国住吉法楽百首』が、大内政弘に縁の深い長門国住吉神社に奉納されて、宗祇は役割をすべて果たしたこととなる。

その後も宗祇は相変わらず、近在への下向も含めて、文事に忙しい日々を過ごすが、明応六年になって六年ぶりに越後に下向することになった。七度目ということになる。

宗祇は遠国へ旅立たない時には摂津・播磨・近江などへ出掛けることが多いが、この年は摂津・播磨へ一月十三日から四月になる頃まで三ヶ月に渡って赴いている。摂津は池田などに連歌関係者が多く、そのためとも考えられるが、播磨については、『実隆公記』一月十一日の記事に、

　播州知行分の事、葦田談合の子細宗祇に申し遣はし了んぬ。

とあり、三条西家の荘園をめぐっての実隆からの依頼もあったことが分かる。この依頼に関わることであるかは不明であるが、これより以前、四日には扇を三本、宗祇は実隆から与えられており、これだけでは不足であったということか、八日にはさらに十一本を要求している。『実隆公記』の同日の条には、

　宗祇法師、扇十一本、歌所望。晩陰、筆を染めこれを遣はす。宗坡、伊勢物語の銘所望。同じく書き遣はし了んぬ。

とある。これによって扇とは実隆が和歌を揮毫した扇であることが分かると同時に、これだけ

の本数の扇が自分用ではないことも推察できる。数日後に迫った摂津・播磨下向と合わせれば、これは地方への手みやげとしての品であるに違いない。なお、宗祇のことに続いて宗坡が『伊勢物語』の書名の揮毫を実隆に要望しており、実隆の筆跡が価値を有していたことが分かる。

因みに、同年四月二日の条には次のような記事も見える。

雅俊朝臣使を送る。田舎人所望の拾遺集、愚筆を染むべきの由なり。彼の主の土産と称し、杉原十帖・絹一疋これを恵む。不慮の芳恵なり。拾遺集料紙等先づこれを預け置き了んぬ。

これは『拾遺集』そのものの書写の要望のようであるが、「愚筆」を田舎人が熱望していたこと、その依頼を実隆が収入源としていたことなどを示している。

播磨に下向した宗祇が託された用向きをうまくこなしたのかどうかは分からないが、『実隆公記』によれば、四月二日には帰京の挨拶に実隆邸に赴いている。訪れたのが夜であったらしく、あらためて翌日、宗祇は播州からの土産を携えて実隆邸を訪ねた。『実隆公記』にはその土産に喜ぶ気持ちが記されている。

宗祇法師、播州土産、野崎器并びに漢布等これを恵む。不慮の儀、謝意極まり無きものなり。

この帰京後、宗祇はひと月も経たないうちに越後へ下向する。この事情について『後法興院記』四月二十九日の条に昨日のこととして次のように見える。

宗祇、明日越後へ下向すと云々。故上杉相州連々音信《いんしん》せしむ間、此の便宜以て太刀重利を遣はす。代替の為、祝言を礼すばかりなり。愚状を相副ふ。上所の状、件の如し。上杉民部大輔殿。昨日、宗祇、暇乞ひの為来たる間、酒を勧め、香包に扇等これを給ふ。

この下向に関して、伊地知鉄男は『宗祇』の中で次のように述べている。

上杉房定の死去と新主房能の継嗣祝賀の為であったらしく、近衛政家も房能の相続を祝って太刀重利作一振りを彼に托したのであった。又その途次、去る四月三日卒した美濃国守護土岐成頼を弔うことも兼ねていたのであろう。

この見解にあるようにこの下向の目的の一つには上杉房定の墓参があったとする見方が一般である。しかし、先の『後法興院記』による限りはそのことはあまり重要でないように思われる。少なくとも近衛政家にとっては新たな守護房能のことが重要で、「故上杉相州」つまり亡き上杉相模守房定との付き合いによって、守護職継承を祝うというのであり、代替の「祝言」が主であると考えるべきなのであろう。それは宗祇に託した「愚状」の上所（表書き）に「上杉民部大輔殿」としたと、ことさら述べていることからも明白である。

伊地知の言の内、後半の「土岐成頼を弔うことも兼ねていた」についてはその証拠は見いだせない。それが事実であれば、この越後下向は美濃を経由してということなのであろうが、このことも確かめられない。

この土岐成頼《なりより》に対する弔意に関しては、『実隆公記』同年四月二十九日の条に、

寿量品一巻、濃州土岐もとへ遣はす。左京大夫入道、当月初め逝去云々。

とある。翌日の記事には宗祇越後下向のことが記されている。それにも関わらず、成頼の弔問に触れていないことも、宗祇の美濃下向を疑問に感ずる点である。これまでのほとんどの越後下向と同様、この時も北陸街道を通ってのものと考えるのが妥当ではなかろうか。

宗祇は五月一日に京を立った。書陵部本の『百人一首抄』の奥書によれば、この書を八月十五日に「某」に書き与えているが、この日にはまだ越後府中にいたと思われる。したがって、この書は上杉関係者に与えたものとしてよいのであろう。それ以外の事跡はほとんど知ることができない。

金子金治郎「宗祇越路の旅を考える」は『宇良葉』（第一次本は明応八年初成立か）から、この時の下向中の可能性のある発句を多く指摘している。しかし、金子自身が述べるように、『宇良葉』にはこの時期より前の句も網羅的に収められている。したがって、これまでの句集に見えないからといって、この時期の作とは必ずしも言い切れない。確実性のあるものは次の二句のみであろう。

①　長尾信濃守林泉寺にて所望ありし時
　　松に響き雲にみなぎる泉かな

②　長尾信濃守家にて、同じ心を
　　松風に汲ませて涼し石清水

林泉寺は越後守護代長尾信濃守能景《よしかげ》が、父、重景《しげかげ》の十七回忌の供養のために建立した寺であった。明応六年七月のことである。二句はこの時のものと思われる。

金子が引いた他の句は、豊原寺・越中放生津・遊佐氏邸など、これまでも宗祇が立ち寄った北陸街道中の邸などでのものである。これらの中にはこの時の下向時のものも含まれていると思われるが、明確にし得ないので、ここでは省略に従いたい。

ともかくも宗祇は北陸街道を通って、九月四日に帰京した。『実隆公記』には翌日の条に次のようにある。

宗祇法師、北国より昨日、晩に及び上洛。仍て只今来たると云々。則ち対面。一樽・青蚨《せいふ》等、土産《宮笥》と称するの由、毎度の芳志、謝尽くし難きものなり。

「一樽」は酒、「青蚨」は銭のことである。近衛政家は『後法興院記』の九月七日の条に、ただ、

宗祇、北国より両三日以前に上洛すと云々。

とするばかりで、帰京の挨拶に来たとも、土産を持参したとも記していない。このあたりには宗祇および上杉氏と三条西実隆との関係、近衛政家との関係に温度差があったということかも知れない。

第六章　終の棲家をもとめて（第八回）

越後下向までの動向

明応六年（一四九七）の十一月から明応七年の二月末頃まで、宗祇は近衛邸での『古今集』講釈に明け暮れた。さらに、明応七年閏十月中旬から十一月中旬までは『百人一首』『詠歌大概』『伊勢物語』などを講じている。これらの古典講義は近衛政家・尚通《ひさみち》父子に対する「古今伝授(受)」に付随するものとして位置づけられたものだと思われる。

一方、三条西実隆との間では色紙の染筆依頼、実隆への金銭などの贈与などが続く。その間に摂津や近江などに下向している。染筆依頼・金銭贈与と地方への下向との関係は具体的には不明であるが、これらの宗祇の所業はあたかも実隆の筆跡売却の請負人のごとき様相を呈していると言ってよい。

このような宗祇と両家との関係は明応八年になっても大きくは変わらない。近衛関係では古典講義が減り、替わりに連歌・和漢連歌の会への出席が多くなるくらいである。三条西家に対して宗祇は家司・雑掌のような立場にいたと見えるほどである。

伊地知鉄男は『宗祇』の中で、「明応二、三年頃からの頻繁な摂津・近江等への往還は何故であったろうか」と疑問を呈し、当時は「畠山基家・政元の軍」との干戈《かんか》、足利義材《よしき》（義稙《よしたね》）の将軍職奪回への動きなど、「京・近江一帯の諸将間に一大衝動をきたしていた頃である」として、宗祇の動向について次のように述べている。

そうした状勢に、そうした諸国を頻繁に宗祇が往復しているということは、唯単に年貢の交渉とか私的な用件とか連歌興行のためとか、いう如き些細な目的のみではなかったろうことは容易に推測し得る。諸豪族間の事情はもっと逼迫し、お互いに疑心暗鬼の暗い翳《かげ》りにとざされていた時である。策動せんとするものにも、その相手にも必要な緊急事は諜報と内通とであった。私はかかる頻繁な宗祇の動静の裏に、世上の歴史にあらわれない重要な政治的任務内応の交渉、暗躍、工作等があったのではないかと憶測している。もしそうした憶測が許されるとすれば、或いは細川政元、足利義高《澄義》方の裏面工作を援助する意味で、六角高頼との交渉にあたっていたものではなかったろうか。

このような役割を宗祇が担っていたのかどうか、具体的な証拠はまったくない。宗祇が貴顕と武将らの間を行き来して何かしらの役割を果たしていたことは、これまで本書でみてきたとおりである。ただ、宗祇が「細川政元、足利義高《義澄》方」についていて「裏面工作」をしていたということに関しては疑問がある。たとえば、宗祇の越後下向などを見ても、足利義材（義稙）が頼っていた畠山氏や朝倉氏との関係を宗祇は良好に保っていた。「裏面工作」を図ったとしたらその立場はどうなるのであろうか。情報の収集は常に行っていたであろうが、それは三条西実隆をはじめとする公家や僧家の人々の荘園などの管理の必要上ということで、武将との関係はあまり偏りを持たずにいたと考えるのが妥当なのであろう。宗祇をはじめ連歌師が諸国を渡り歩いたということは、敵味方の立場に立たないことが前提であったのだと思う。伊地知自身、論考「中世擬古物語と連歌関係資料」で宗祇の書状を紹介して、次のように述べている。

　当時の連歌師たちが、地方豪族の招請や京洛の公卿らの依嘱によって地方に赴き、京の寺社公卿の所領や納貢の斡旋や事件紛争の仲介解決を図ったことは、当時の記録その他によって周知の事実である。

宗祇の書状は次のものである。

　（袖書）また軽微候と雖も、画扇十本、これを拜進せしめ候。御礼ばかりに候。
歳暮の御慶、事旧《ふる》く候と雖も、尚以て意を加へ御満足珍重珍重。抑《そもそも》も貴院領の事、先度申し入れ候如く、日野殿より兎角申され候と雖も、寺家の支証の案を以て、堅く申し候条、屈服候て、已後は其の綺を成すべからず候由申され候間、公方の御奉書を成され候。返々目出たく存じ候。仍て三緡《びん》送り給ひ候。か様の子細、中々、思ひ依らず候由、色々申し候と雖も、宜竹翁来臨候て、押して宥《なだ》められ候条、力及ばず候。返々、御芳志謝する所を知らず候。如何様、明春は早々御慶等申し入るべく候。御意を得べく候。恐惶敬白

臘月廿三日　　　　宗祇（花押）

拝復　含空院侍几下

伊地知によれば宛先の「含空院」は近江国の永源寺ということである。その永源寺の所領について日野政資《まさすけ》が押領しようとしたが、「支証（証文）」があったので、永源寺のものと裁断され、将軍（公方）からの御奉書も下された。宗祇はこの交渉役を担っていたため、その解決の礼として含空院から三緡を送ってきた。「緡」は千文の銭である。受け取るのを遠慮したいが、宜竹翁（景徐周麟）が私を説得するので、いただくことにした、という宗祇の礼状である。「臘月」は十二月のことで、したがって年初（明春）には御慶を申したいと腰を低くしている。

この出来事がいつのことであったかは不明であるが、景徐周麟が明応五年（一四九五）から永正六年（一五〇四）まで、相国寺鹿苑院院主および五山を統括する僧録司であったことと関われば、一四〇〇年代末期のことではなかったかと思われる。なお、書状中では「宜竹翁」とされており、その頃であれば永享十二年（一四四〇）生まれの周麟の齢にふさわしい。

初めに「袖書」として、替わりに画扇十本を進呈するとあり、この点も興味深い。宗祇は三条西実隆にたびたび扇の揮毫を依頼していることが『実隆公記』に見えるが、この扇がこのような返礼として使われることがあったことを暗示しているからである。

兼載、越後へ

ちょうどこの時期、宗祇の跡を継いで北野天満宮連歌会所奉行および宗匠職にあった兼載が越後を訪れている。金子金治郎が兼載句集『園塵《そののちり》』の詞書の調査によって、『連歌師兼載伝考』で示した考察によれば、明応七年から八年の関東下向の往復に北陸街道を用いたらしく、越前・越後を通過している。越後関係の句だけを示せば次のようである。

①　上杉戸部亭《こほう》にて
　撫子は花に紅葉の千入《ちしほ》かな
②　上杉戸部亭にて
　松や種ときはかきはの菊の花
③　宇佐美加賀守家にて
　梢をも待たで色濃き山田かな

「上杉戸部」は上杉房能《ふさよし》である。「宇佐美加賀守」は判然としないが金子は刈羽郡琵琶島城主の宇佐美越中守孝忠《たかただ》およびその子、駿河守定満《さだみつ》の一族かとしている。金子の推定によれば、①は往路、明応七年夏の句、②③は帰路、明応八年秋の句ということになる。

当時、足利義材《よしき》（義稙《よしたね》）は再起を図って北国を移動していた。明応七年（一四九八）九月には越中から越前朝倉氏のもとに、八年九月には若狭に、十一月には近江国坂本に進出している。金子はこの動きと兼載の動向を合わせて次のように述べている。

兼載帰洛の旅は、あたかも義材の京都進撃の後を追う形になっている。昨春以来の兼載の関東往復の旅そのものが、義材の京都恢復の計画と、どこかで結びついているように思われないでもない。もちろんどこにもその証拠があるわけでないから、これは憶測にもならないこと、いうまでもない。

兼載についてもう少し言い及んでおくと、兼載はこの時の関東下向から一旦帰京したものの、一年半後、文亀元年（文明十年）三月十一日、我が子を建仁寺の月舟寿桂に託し、間もなく都を離れ関東に向かった。そして二度と都へ戻ることはなかった。『園塵』第四に我が子を寺に入れた時の発句が残されている。

文亀元年三月十一日小童を建仁寺月舟和尚小弟になしける時、和漢一折《ひとをり》に、

若草も匂ひを移せ花の蔭

後述するように宗祇は明応九年七月中旬、越後へ向けて戻ることのない旅に出た。兼載も宗祇の離京の後、一ヶ年も立たない内に、同じように戻ることのない旅へと再び都を離れたのである。当時の連歌界の頂点に立っていたふたりが、動乱の中、同じような行動を見せたのには、都を離れずにはいられない共通する事情、もしくは心のありようがあったのであろうか。

この兼載の関東下向の折にとった経路については、金子が前引書の中で、次のように述べている。

文亀元年この年、兼載はいよいよ関東帰住を期して、都を離れた。その時期はおよそ、三月以後と思われるが、その経路はわかっていない。園塵第四に、「越前にて山崎興行に」として発句が夏季になっている。あるいは、明応七年下向のように、北陸路をたどったものかと思うが、この第四集には、第三集時代の句も拾遺されているから、右も明応七年夏下向時の作とも解され、経路決定の材料にはなりえない。結局経路不明であるが、推測としては、前年のごとく北陸路と考えるのが、いちばん可能性のある推測となる。

この推論に関しては、「いちばん可能性のある推測」の論拠が不明で、わざわざ北陸を回ったのならばそれなりの理由もしくは証拠がなければならないであろう。それよりも気になるのは、もし、この時、北陸を通ったならば、その時、越後府中にいた宗祇との関係である。ふたりは当時、疎遠であったわけではない。兼載が越後経由で関東から一度京に戻り、宗祇が越後に出立するまでの期間である明応九年には何度か連歌会で同座している。宗祇が没したことを伝え聞いた兼載は、終焉地まで訪れ哀悼の長歌を残している。兼載が越後を通過したならば必ずやふたりは会っていたに違いない。しかし、この痕跡はまったくない。記録に残らなかったというだけであったのだろうか。

宗祇越後下向への決意

宗祇は『新撰菟玖波集』完成以後も頻繁に京都近在への下向を繰り返している。目的などはまったく不明であるが、先述した含空院の所領に関わる用件などもその目的の一つにあったのかも知れない。それはともかく、このようにして明応九年（一五〇〇）の年が明けた。この年の前半は相変わらずの生活であった。

宗祇がいつ頃から最後の越後への旅を思うようになったかは分からない。ただし、離京の日については『後法興院記』によって判明する。関係記事などを順に追って、そのあたりを確認しておきたい。

宗祇は七月五日、政家政家邸を訪問し、越後下向の意志を伝えている。次のようである。

黄昏に及び肖柏・宗祇等来たる。一盞の事有り。宗祇近日越後国へ罷り下るべしと云々。

これはこれまでと同様の報告と言ってよい。特別なことは感じられないし、急に思い立ったということでもなかったであろう。

六日には赤沢政定邸の連歌会に出席し、次のような発句を詠んでいる。

柳吹く風に秋立つ都かな

金子金治郎は『連歌師兼載伝考』の中で、この発句について、

宗祇の発句は、秋とともに都を去る決意を示しており、

としている。「立つ」に立秋という意と都を出立するの意があるというのであろう。十三日には下向の日を告げに政家邸を訪れた。

夜に入り、宗祇来たる。来たる十六日、越後へ下向すべしと云々。一盞の事有り。

七月十五日にも訪れた。『後法興院記』には次のようにあるだけで、そこにも別段変わったこともない。

夜に入り、宗祇を召し、灯炉を見さしむ。一盞有り。

宗祇の下向が明日に迫っていることを知っていての近衛政家からの呼び出しである。餞別の気持ちというより、しばらく会えなくなるので、下向前に「灯炉」について宗祇の意見を聞いておきたいということであったのであろう。

出立予定の十六日になって、宗祇は政家へ次のような書状を届けた。

御奉書いつの夕より忝なく存じ候。特に御詠、過分の至りに候。御返し申すべき心地さへかきくれ候て、やるかたなく候。御取り直し候て、御披露書き入るべく候。明朝罷り立つ用意すべく候。参り候て、幾度も申し入れたく候へども、ただ、御心得を憑み奉り候。恐々謹言。

七月十六日　宗祇（花押）

自然斎

進藤筑後殿御宿所　宗祇

（『特別展図録　日本の書』）

これは政家から和歌を贈られたのにその返歌がなかなかできないことを述べたものである。この和歌がどのようなものであったかは不明であるが、「御奉書いつの夕より忝なく存じ候。特に御詠過分の至りに候」とあり、いままでに増してありがたく感じたということであるから、別れの心情を吐露した和歌であったのかも知れない。宗祇は返歌が思うように作れなかったこと、直接に邸に出向いて挨拶すべきであるが、明日、出発する準備があるので出向くことができないことを詫びている。

近衛政家への書状が「進藤筑後殿」宛になっているのは、相手が貴顕であることを憚ってのことである。なお、「進藤筑後」は『特別展図録　日本の書』では「近衛家の諸大夫をつとめた進藤長治」とするが、『新撰菟玖波集』に三句入集している藤原（進藤）長泰だと思われる。長泰は『新撰菟玖波集作者部類』大永本で「近衛殿候人　進藤筑後守」とあり、文亀二年（一五〇二）には『長泰勧進聖廟法楽歌』などの作品がある。『実隆公記』には明応四年二月一日条に、「陽門より使者有り。進藤筑後守長泰なり」とあるなど、陽明（近衛家）の使者としてたびたび実隆のもとを訪れていることが見える。

出立日が遅れた事情は不明であるが、この書状によれば宗祇は予定より一日後、明応九年七月十七日に京を旅立ったということになる。

三条西実隆とはどのような離別のやり取りをしたのか、残念なことに現存の『実隆公記』は明応八年七月から明応十年二月（二月、文亀に改元）まで、一年八ヶ月分の記事を欠いていることもあって不明である。近衛政家との離京直前の交流はこの下向が近衛家と関わるものであったことを窺わせるが、これもまったく詳細は分からない。ただ、翌年、越後に在住している宗祇を通じて政家が上杉房能と書状などのやり取りとしていることからは、宗祇の越後下向に政家が関心を寄せていたことは分かる。

後に引く『宗祇終焉記』では「このたびは帰る山の名をだに思はずして」とあり、今度の下向が帰京を考えずのものであったと記すが、これは正直に受け取る必要がないように思う。第四回、五回の時にも同じようなことを述べ、書籍などを実隆に託していたのであり、老齢に達してから遠国への下向は常にそのような覚悟が伴ったのだと思われる。後のことであるが、三条西実隆は宗祇が亡くなったことを聞いて、次のような歌を残している。

折々、田舎下りの暇《いとま》乞ひ侍りし時のことなど思ひ続けて、
幾度《いくたび》かこれぞ限りと言ひおきし別れながらもめぐり逢ひしを（『再昌草』）

いつも地方に下る時、宗祇はこれが限り、と言い置いて行ったが、これまでは再会できた。しかし、今度はそれが本当のことになったというのである。

宗祇越後へ向かう

宗祇がこの下向に際してどのような道を取ったかはよく分からない。ただ、前節で引いた「帰る山の名を」云々の言辞は往路での歌枕を取り込んだものと考えられるので、北陸街道を辿ったと思われる。「帰山」は敦賀から越前国府の武生《たけふ》（現、越前市）の途中の峠、木ノ芽峠のあたりにある山である。

「帰山」はその名から都に帰ることを意識して、歌に詠まれる歌枕で、『古今集』には、

越へまかりける人に詠みてつかはしける
帰山ありとは聞けど春霞立ち別れなばこひしかるべし

などと詠まれている。

その木ノ芽峠までの道筋は不明であるが、第二章などで言及した『為広越後下向日記』のものと重なると考えてよいのであろう。つまり、都から琵琶湖に出、そこを船で海津、そこから七里半越えで敦賀へ出て、日本海沿岸を進むという道である。

宗坡と水本与五郎が宗祇に伴っていた。与五郎は従僕であったようであるが、宗坡は宗祇に若年から師事していた連歌師である。生没年未詳であるが、文明（一四六九～一四八七）の初め頃の生まれだと思われるので、後述する宗碩とほぼ同じ、当時、二十歳代であったであろうか。『新撰菟玖波集』へはいまだ修行中ということもあってか入集していないが、その完成に先立つ明応四年（一四九五）一月六日の『新撰菟玖波祈念百韻』には参加、二句詠んでいる。また、『実隆公記』明応四年九月二十八日条には、『新撰菟玖波集』の校定に携っていることが見える。

宗碩は少し遅れて越後府中にいる宗祇のもとに参じたらしい。同行していたのではないことは、『後法興院記』同年七月二十七日の条に見える政家邸での「月次和漢会」に同座していることからも明白である。

この宗碩は文明六年（一四七四）生まれ、天文二年（一五三三）没で、宗坡とほぼ同年輩であったと思われる。やはり若年から宗祇に師事していた。『新撰菟玖波集』にも入集せず、『新撰菟玖波祈念百韻』にも加わっていないが、宗祇から将来を嘱望されていたらしく、二十三歳の時に宗祇から句集『下草』を付与され、永正七年（一五一〇）には宗祇の庵であった種玉庵を継承、翌八年一月には北野連歌会所奉行および宗匠に任命されている。文亀元年（一五〇一）六月から九月にかけて、越後府中で宗祇による『古今集』の講義が行われたが、宗碩が越後の宗祇のもとに馳せ参じたのは、その講義を聞き、聞書を書くことが最大の目的であったのかも知れない。その後、宗長も越後府中に下向、宗祇のもとには近しい者、四人が付き従っていたということになる。

宗祇がいつ越後に着いたかは分からない。幾度も言及しているように、冬の旅は困難であろうから、九月の内には府中に着いたことと思われる。後に引く『宗祇終焉記』には「その秋の暮、越路の空に赴き」とあり、これは文脈からは京都出立の時期を指すように読めるが、それだと九月末の頃の出立ということになってしまい、先述した事実と食い違う。「秋の暮」は越後へ入った時、もしくはその近くまで到達した時期を示していると考えるべきではなかろうか。もしくは、「年の春の始めの発句」と書き始められた文章に対応させた虚構、文飾とみなすのがよいと思われる。

宗祇が都を出立した後、あまり時を経ない七月二十八日、京都は大火に見舞われた。『後法興院記』の同日の条には次のように記されている。

申の刻、艮《柳原》方より火事出来。北風吹き、程無く近所炎上。余煙この亭に及ぶ間、飛鳥井亭へ向かふ。この所猶《なほ》危ふしと云々。仍て波多野が在所へ罷り向かふ。黄昏に及び飛鳥井もとへ向かふ。女中衆これに同じ。言語道断の事なり。

次は翌二十九日の条である。

昨日の火事、上は柳原、下は土御門、東は烏丸、西は室町云々。前代未聞の事也。

延焼の範囲はそれほどではないようであるが、中央政府の中枢部を焼いた火災であった。室町御所の近くにあった種玉庵も被災したらしく、翌文亀元年閏六月十八日の条には、

近日宗祇敷地跡に小庵を執立。

とあり、焼失跡にその頃、小庵が建てられたことが記録されている。

この火災の時には宗祇は越後への途次であったに違いない。伝達にかかる日数を考慮すれば、焼失を知った時には越後間近まで来ていたと思われる。以前にあれほど留守中の書籍などの管理を心配していた宗祇であるが、火災を知った時に何を思ったか、書籍などはどうなったのかについては何も記録が残されていない。

九月二十八日には後土御門院が崩御した。この時にはすでに越後府中に着いていたと思われる。後土御門院は和歌・連歌などの文事を愛好し、『新撰菟玖波集』編纂などを含めて宗祇と縁が深かった。自庵の焼失も含め、これらのことは、宗祇に一つの時代が終わったことを感じさせたことであったろう。

後土御門院の崩御をめぐっては、その葬儀までに日数がかかったことを近衛政家は、『後法

興院記』十一月十一日の条の中で、

今日、崩御以後四十三日に至るなり。此《かく》の如く遅々、更に先規有るべからざる歟《か》。

と慨嘆している。『本朝皇胤紹運録』の後土御門院の項ではその理由を、

用脚無きに依り、四十余日内裏黒戸に置き奉る。希代の事なり。

とする。「用脚」は経費の意である。

宗祇の最後になる越後下向はこのような事態の中で遂行され、宗祇は越後府中でその最晩年を過ごすことになる。宗祇、八十歳であった。

越後下向の目的

この下向がどのような目的で行われたのかはよく分からない。『宗祇終焉記』にはその理由と思われることが、次のように宗長の筆で記されている。

宗祇老人、年頃の草庵ももの憂きにや、都の外のあらましせし年の春の初めの発句、

身や今年都をよその春霞

その秋の暮、越路の空に赴き、このたびは帰る山の名をだに思はずして、越後の国に知る頼りを求め、二年《ふたとせ》ばかりを送られぬと聞きて、

「あらまし」は希望の意である。宗祇はこの頃、都の自庵での生活がつらいと感じ、都を離れたいと思っていたというのである。そして「身や今年」云々の発句を詠んだ。今年は自分の

身を都以外のところにおき、そこで春霞を見ることになろう、というのが大意である。ただし、具体的には何を「もの憂き」と感じていたのかは不明である。ともかくようやく念願かなって秋の終り、再び帰ることを思わずに越後国の知人を頼りにして出発したという。「秋の暮」ということについては先述した。

このようにこの文章を追っていくと、ここに見える発句は、下向の年のはじめの句と読め、この年のはじめから都を離れたいとの気持ちがあったということになりそうである。しかし、実はこの発句は前年正月四日に行われた、種玉庵での「何人百韻《なにひと》」の発句であることが分かっている。したがって、この「都をよそ」にしたいとのことは、直接に越後下向をほのめかしたとは考えにくいのである。

そもそもこの発句が都を離れることを願望している気持ちを詠み込んだものであったかも疑問である。単に、今年は都以外の土地で春霞を見ることであろうという予測を述べただけである。

宗祇は頻繁に都の種玉庵を留守にしていて、この発句が実際に詠まれた明応八年（一四九九）には正月中旬に摂津へ赴くなど、摂津や近江にそれぞれ二度ほど下向している。この内、二度目の近江下向は、六月から十月まで及んでいる。それを考え合わせれば、この発句はそれほど深刻な心情を吐露したのではなく、単に今年もまた例年通り旅に暮らすことを述べたに過ぎないのであろう。

しかし、宗長はこの句を宗祇最後の旅を暗示するものとして『宗祇終焉記』に取り込んだ。この発句が詠まれた連歌会には宗長も加わっているので、年を間違えたとは思えない。宗長はこの発句にいままでとは違った宗祇の思いを汲み取ったのか、もしくはこの句を文学上で利用したのである。

『宗祇終焉記』の冒頭に見える発句には以上のような事情があり、もともとのありようからすれば、これを最後の越後下向の意志の表明とは受け取れないが、下向の年の正月には次のような詞書を持つ発句が詠まれており、それが『宇良葉』に残されている。

明応九年、予、八十路《やそぢ》に満ちて、会席の交はり留《とど》め侍る上に、なほ去りがたき事侍りて、つかうまつれる発句、正月二日草庵にして、

分きて見ば山や誰《た》が春朝霞

宗祇がこの時期以降、連歌会への参加をやめたという事実はないので、「会席の交はり留め侍る」という言葉もそのまま信ずることはできない。しかし、徐々に人生の終末を感じていたことは確かなのかも知れない。このようなことが『宗祇終焉記』でいう「年頃の草庵ももの憂き」に繋がるのであろうか。

明応四年（一四九五）九月二十六日に『新撰菟玖波集』奏覧を終え、『新撰菟玖波集』が完成した後、『新撰菟玖波集作者部類』を禁裏に進上したのが、明応五年一月四日、さらに完成奉賽のために計画された『長門国住吉法楽百首』を奉納したのが明応五年三月二十三日であった。

これ以後も古典講釈も含め、各地に赴くなど諸事多忙であったが、『新撰菟玖波集』完成を契機にして、一つの仕事を成し遂げた感が募ってきていたのかも知れない。

越後に下向しての最初の正月、宗祇は三条西実隆に、自分が釈迦の歳を越えて八十一歳になったことを詠んだ歌を添えた手紙を送った。実隆の家集『再昌草』にそのことに関わる詞書と歌が見える。

宗祇法師、越の国に侍りしが、今年八十一歳になりぬることを申して、文の奥に書き付けて送りたりし、

思ひやれ鶴の林の煙にもたち遅れぬる老の恨みを

返事に

末の法《のり》に残りの年をしたふかな鶴の林の春過ぎしより

この文、二月十五日になん来たりたりし。

釈迦は八十歳で亡くなった。「鶴の林」は釈迦が亡くなった場所に生えていた沙羅双樹の木が悲しんで白鶴のように白く枯れたことをいう。「末の法」は末法の世のことをいう。左注に宗祇の手紙が届いたのが二月十五日であるとするのは、この日が釈迦入滅の日であるからであろう。

このようなことを見てくると、宗祇が『宗祇終焉記』の中で「我もこの国にして限りを待ち侍れば」と述べていることも含めて、終の棲家を求めて越後府中へ来たということの信憑性は

確かになりそうである。果たしてそうであったかどうかは熟考してみる必要があるかも知れないが、それはそれとして、老齢になっての遠国への旅はいつもそれなりの覚悟があってのことであったとするべきであるし、今回はその覚悟は切実なものであったとは思われる。

宗祇の越後での生活

『宗祇終焉記』によれば最後の時を迎えるために訪れた越後府中に着いた宗祇は、しかしながら、ひとり静かに隠棲、というわけにもいかなかった。宗祇の気持ちがどうであれ、文学上の役目も、世事にも励まなければならなかった。そもそも宗祇が地方の守護大名などに歓迎され受け入れられるのは、さまざまな役割が期待されてのことで、それが連歌師というものの宿命なのであろう。

たとえば、しばらく欠けていた日記記事が再び見えるようになる『実隆公記』文亀元年（明応十年、一五〇一）三月十二日の条には、次のようにある。宗祇が越後府中についてから半年後くらいのものである。

石原庄より飯米料これを送る。宗祇法師、青蚨《せいふ》・鳥子《とりのこ》等これを送る。

三条西家の荘園からの飯米料とならべて、宗祇から「青蚨・鳥子」などが送られてきたことが当たり前であるかのように記載されているのである。「青蚨」は銭のこと、「鳥子」は鳥の子紙で、貴重な紙である。これらは越後守護からの贈り物と思われ、宗祇はその仲介役をなしていたのであろう。

逆に、実隆の方も見返りを要求されたと思われる。三月十八日の条には、

宗祇所望の八景詩歌色紙これを書く。

とある。これは宗祇自身が所持するということより、守護などに対する貢ぎ物と考えるべきだと思う。この八景詩歌については、実隆の家集『再昌草』に次のような詞書と歌が載せられている。

宗祇法師、「屏風に押すべし」とて、「瀟湘八景の歌、みづから詠みて、すなはち色紙に書きて」と申しのぼせたりし。たびたび否びしかども、しゐて申せしかば、詠みて書きて遣はし侍りし。詩は故天隠和尚の詩をなむ書き加へ侍りし。

山市晴嵐《さんしせいらん》

山風の立つにまかせて春秋の錦は惜しむ市人もなし

「瀟湘八景」は中国湖南省にある瀟水と湘水の合流点にある八つの美しい景観をいう。絵に描かれたものも多いが、ここでは「詩歌」とのみあって、絵に賛したものかどうかは分からない。「山市晴嵐」はその八景の一つである。歌は実隆自身の詠んだもの、漢詩は故天隠和尚が詠んだものを書いたという。天隠和尚は天隠竜沢《りゅうたく》。応永二十九年（一四二二）生まれ、明応九年（一五〇〇）に没している。建仁寺住持となり、実隆と親交が深かった。この漢詩のことは『実隆公記』明応七年九月十六日条に、実隆が所望したことが記され、同年閏十月二十八日条には

宗祇がその書写を希望したことも記録されている。このたびは、それにさらに実隆の和歌も加えて、ということであったのだろうか。「色紙」は小さい料紙なので、漢詩と和歌は別に書いたようにも思える。そうであれば合計十六枚になる。それは「屏風」に貼るためのものだという。

この依頼の後、三月二十九日に宗祇は実隆へ手紙を出している。それが五月末に実隆のもとに届いた。これも『再昌草』に記録されているもので、詳細は不明であるが、「八景詩歌色紙」の礼状であったであろうか。前年七月二十八日の京都大火によって、実隆邸も焼失したようで、そのことに関わっての和歌が付されていた。

宗祇法師三月二十九日の書状、五月の末に来たりしに、わが草庵の旧跡の事も付して、

住み捨てて野辺ともなさば木草にも名残は見えん夢の昔を

この便宜に小袖を恵み送り侍りしかば、その返事これより申し遣はす文に、

我が上に今こそ見つれ秋や来る露や紛ふと言ひし袖をも

二首目の歌は、家財を失ったことへの便宜に、宗祇が小袖を贈ってきたことに対する実隆の礼の気持ちを詠んだものである。後にも引くが、『再昌草』にはこの時期における宗祇関係の和歌が数首、掲載されていて、宗祇と実隆の結びつきが絶えなかったことが窺われる。

近衛政家との繋がりも考慮すべき事柄である。下向前に頻繁に接触のあった近衛政家は上杉房能（上杉民部大輔）に宗祇を仲介として色紙を添えた書状を送っている。『後法興院記』の三月十六日の条に次のように見える。

上杉民部大輔もとへ愚状を遣はす。色紙三十六枚これを下す。世尊寺行俊卿の筆跡也。宗祇去年より在国、好便有るに依り書状を遣はすなり。

世尊寺家は藤原行成を祖とする書道の名家である。行俊は室町前期に書家・歌人として活躍、応永十四年（一四〇七）に没している。「色紙三十六枚」は三十六歌仙の和歌を書いたものであろう。近衛家に伝わっていたものと思われるが、この貴重な品を上杉房能に贈っていることは、これまでの恩義への礼なのであろうか。もしくは新たな要望があったとも考え得る。

『実隆公記』文亀元年八月十九日の条には、次のように宗祇の従者である水本与五郎が都に宗祇の書状を携えて上ったことが見える。

俊通朝臣来たる。宗祇法師の書状到来。水本与五郎、昨日上洛の由これを申し来たる。

他には確認できないものの、与五郎が越後と都との連絡役として、たびたび往復していた可能性を示唆するものであろう。その用件にはこれまで見てきたような世事に絡んだことも多かったと思われる。

宗祇は越後府中滞在中、文事に関わることも多く行った。連歌会や和歌会に加わったことは当然のことであったであろうが、自撰句集『下草』の書写や『古今集』の講釈なども行っている。

『下草』については、宗梅本の奥書に、

愚本、人の所望に応ずるの後、重ねてこれを書き留む。次いで五十句ばかりを添削せしむものなり。

明応五年仲冬十八日

文亀元年五月廿五日　宗祇（花押）

とあり、東山御文庫本は「明応五年仲冬十八日　宗祇」の奥書の次が「文亀元年七月廿五日宗祇（花押）」となっている。二度行ったのか、どちらかが誤りかは不明であるが、さらに、翌年二月五日には『万葉抄（宗祇抄）』を書写している。これらは実際は門弟に命じてのものであったようであるが、それはともかく、上杉氏など在地の武将に贈るための書写であったのであろう。特に後者は宗祇が越後府中を旅立つ直前のことであった。

『古今集』の講釈は直接的には宗碩のために、文亀元年六月七日から九月十八日まで行った。宗碩はその聞書を『十口抄』としてまとめている。その宮内庁書陵部本の奥書には、次のようにある。

予、此の集伝受の儀、越の府中自然斎宗祇の旅宿において、文亀元年辛酉六月七日始行せしめ、同九月十八日功を終へ訖んぬ。

文亀元年九月日　宗碩（在判）

宗碩は下向当初から同行したのではないことは先述した。この「伝受（授）」が主たる目的であったのかも知れず、そうであれば、この六月七日直前に府中にやってきたとも考え得る。

また、文学ではないが、七月八日付の書状を京都の香道家、志野宗信《そうしん》に差し出している。六月十八日に送られてきた宗信からの手紙の礼状である。宗信の手紙はこの年の五月二十九日に都で行われた名香合《あわせ》に関するもので、宗祇はそれに参加できなかったことを残念がっている。宗信は実隆とともに香道を創始したとされる人で、志野流の祖となった。宗信からの手紙には、三種の名香が添えられていた。このことについて、宗祇は次のように喜びの気持ちを表している。

三種、殊に比類なき名香をも相副へ給はり候。御心ざし身に余り申し候。言葉有様に候。国の人も沈《ぢん》に数寄候人は、身を羨ましがる人も候の間、下国の慰めも只今の御芳志故に候。一段身を忘るるばかり忝なく候。(『旅の詩人　宗祇と箱根』による)

「沈《じん》」は沈香で、舶来の名香である。宗祇の没後、三条西実隆に形見として沈香等が贈られているが、それはこの時の香であった可能性がある。

このように越後にいても宗祇は隠棲とはほど遠い生活を送っていたが、徐々に後世を頼む気持ちも生じていたようである。この手紙のやり取りの少し前、四月二十五日には愛蔵の『新古今集』を同行の宗坡に譲っている。日本大学図書館所蔵本の奥書には次のようにある。

此の集は、予、久しく所持の本なり。然れども宗坡、数年の芳契、他に異なるにより、譲与せしむものなり。

文亀元年卯月廿五日　　宗祇（印）

また、九月十五日には門弟の玄清を介して、三条西実隆に最終的な「古今伝授（受）」の切紙

を授与している。『実隆公記』の同日の条に、

玄清来たる。宗祇法師、古今集聞書・切紙以下相伝の儀、悉く函に納め、封を付け今日到来。自愛誠に以て道の冥加なり。尤も深く秘す所なり。

とあり、実隆の喜びが伝わってくる。

次の『再昌草』所載の長歌はこのことがあった数日後、九月二十日のものである。「古今集聞書切紙」を伝授されて、宗祇のことが心配になり、再び歌道の教えを受けることができなくなるかも知れないことを予感してのものである。長い歌なので途中を省略して引いておきたい。

宗祇法師越の国に久しく侍るに、便りにつけてこの頃申し遣はし侍りし長歌。九月二十日。

思ひやる　越路の山の　知らねども　雪積もりぬる　年波の　立居もさこそ　やすげなき

（略）再びいかで　君に逢ひて　その敷島の　道の辺に　生ふる草葉の　露ばかり　覚え

し事の　はしばしも　問ひ明らめて　人知れぬ　心の底の　惑ひをも　晴るるばかりの

折に逢ひ見ん

老いぬらん人やいかにと月日経るおぼつかなさに身も弱りぬる

雪の降る中、年老いたあなたが立ち居振る舞いにも難儀していることと推察する。再び、あなたに会って、和歌の道を少しでも明らかにできるようにと願っている、という内容である。

この長歌を添えた書状がいつ宗祇のもとに届いたのであろう。これに対して宗祇は返事を実

隆に送った。次のものはその宗祇の返事のあったこととそれへの返歌である。『再昌草』は日付順に配列されているが、この歌の前には十二月とだけある発句が載せられており、次の和歌には十二月十六日とあるので、実隆が宗祇の返事を受け取ったのは、十二月の上旬から半ばまでのことと推察される。

宗祇法師、先日の長歌の事など申し送り侍りし状の奥に、

思ひやれ憂き年頃の蓬生《よもぎふ》も今はしのぶの露の旅寝を

返事。鸚鵡返しのやう、

思ひやれ憂き年頃の蓬生をわれもしのぶの露の宿りを

一方、宗祇が実隆への歌を詠んだのはひと月ほど前、十一月の中旬頃であろうか。『宗祇終焉記』によればこれより前、九月一日に宗長が府中に着いている。宗碩と宗坡がそばに付いていたが、宗碩は二十七歳、宗坡も同じほどと思われ、心もとない思いもあったであろう。そこに三十年来の弟子、五十四歳の宗長が加わったことでどれほど安心したことであろうか。

宗長、越後へ

宗祇が越後府中で一年ほどを過ごした頃、宗長がその宗祇を府中に訪ねてきた。この宗長が『宗祇終焉記』と題して宗祇の最後の旅を書きとどめることになる。この書は先に引いた宗祇が越後を終焉の場所と定めて都を出たことの記述から書き起され、ついで宗長自身の越後下向

の旅を記す。冒頭部分が先の引用と重なるが、改めて初めから引いておきたい。

宗祇老人、年頃の草庵ものの憂きにや、都の外のあらましせし年の春の初めの発句、

身や今年都をよその春霞

その秋の暮、越路の空に赴き、このたびは帰る山の名をだに思はずして、越後の国に知る頼りを求め、二年《ふたとせ》ばかりを送られぬと聞きて、文亀初めの年六月の末、駿河の国より一歩を進め、足柄山を越え、富士の嶺《ね》を北に見て、伊豆の海、沖の小島に寄る波、小余綾《こゆるぎ》の磯を伝ひ、鎌倉を一見せしに、右大将のその上《かみ》、また九代の栄えもただ目の前の心地して、鶴が岡の渚の松、雪の下の甍は、げに石清水にもたちまさるらんとぞ覚え侍る。山々のたたずまひ、谷々《やつやつ》の隈々《くまぐま》、いはば筆の海も底見えつべし。

ここに八、九年のこの方、山の内、扇の谷《やつ》、矛楯《むじゆん》のこと出で来て、凡そ八ヶ国、二方《ふたかた》に別れて、道行く人もたやすからずとは聞こえしかど、此方彼方《こなたかなた》知るつてありて、武蔵野をも分け過ぎ、上野を経て、長月朔日《ついたち》頃に越後の国府《こふ》に至りぬ。

宗長は自庵のあった駿河国（現、静岡県）から越後府中に向かった。足柄山・富士の嶺・伊豆の海・沖の小島・小余綾の磯、それから鎌倉の町というように名所を連ねて、悠々とした遊覧に見えるが、その実、両上杉氏を対立軸とした関東八ヶ国の内乱の実情が吐露され、通行が難しい中を、「此方彼方知るつて」を求めて、ようやく関東平野を通り抜けることができたという。

「山の内、扇の谷、矛楯のこと」とは山内《やまのうち》上杉氏と扇谷《おうぎがやつ》上杉氏の対立をいう。第四章で上杉定昌の自害のことと絡めて述べた事柄であるが、改めて、簡単に当時の事態を振り返っておきたい。

鎌倉公方たることをめぐって、足利家に内紛が起った当初、両上杉氏は一族協力して古河公方《こがくぼう》に対抗していた。それが、太田道灌《どうかん》が文明十八年（一四八六）七月二十六日、主家である相模国糟屋《かすや》（現、神奈川県伊勢原市）の扇谷上杉定正邸で謀殺されたのを契機にして、両上杉氏の均衡が破れると、山内上杉氏の顕定《あきさだ》が扇谷上杉氏を飲み込もうと攻勢をかける。それに対して一方の主、扇谷定正は当時の古河公方、足利政氏《まさうじ》と結びついてそれを防ごうとする。こうして、世にいう「長享年中の大乱」が始まったのであった。

両者の戦闘は長享元年（一四八七）十一月から十二月、古河公方・扇谷上杉氏側の下野国勧農《かんのう》城（現、栃木県足利市）を関東管領、山内上杉顕定の実兄、上杉定昌《さだまさ》が攻撃したことによって口火が切られた。顕定が越後上杉氏から出て、宗家の山内上杉氏を継いだ者であったことは先述した。その頃、その父、上杉房定はまだ上杉一族を代表する武将としての力を持っていた。したがって両上杉氏の抗争は、実質的には山内上杉氏を担っていた越後上杉氏と扇谷上杉氏の抗争であったと言ってよい。

扇谷上杉氏の拠点は河越城（現、埼玉県川越市）にあった。長享二年六月十八日には山内上杉顕定がこの城を攻める。当時、関東を遍歴していた万里集九《ばんりしゅうく》はこの戦闘について、『梅花無尽蔵《ばいかむじんぞう》』で、

六月十八日、須賀谷で両上杉の戦ひ有り。死者七百余員、馬亦数百疋。

と記している。須賀谷での戦闘で、死者七百余人、馬も数百疋死んだというのである。以後、山内上杉氏は鉢形城（現、埼玉県寄居町）（写真32）を、扇谷上杉氏は河越城を拠点にして争い、戦乱は激しさを増していった。

この戦乱は両者一進一退の中、永正二年（一五〇五）三月の河越城陥落まで続くことになる。

宗長の述べる「八九年のこのかた」はその争いが本格化し引き続いていた中ということになる。

宗長の越後下向の旅は、六月末から九月一日までということであるから、二ヶ月の行程だったことになる。鎌倉見物以外に日数のかかった理由はとりたてて書かれていないが、「此方彼方」に引き留められつつの旅であったのであろうし、動乱の中、なかなか歩を進められなかったという事情もあったのかも知れない。

写真32　鉢形城、復元された虎口・四脚門

とにもかくにも、宗長は無事に越後国府（府中）にたどり着くことができた。宗長が「此方彼方」にどうして「つて」を持っていたのか、内乱状態の中をどのようにして無事に旅を続けることができたのかは、連歌師たる者がいかなる存在であったかに関わることである。それはここまで宗祇の立場で見てきたことである。

宗長の場合は出生地である駿河の今川氏の庇護を得ていた。この越後下向当時の駿河守護、今川氏親《うじちか》は、伯父にあたる北条早雲（伊勢盛時）との関わりで、扇谷上杉氏を支援していた。しかし、宗長は関東を旅する時には一方のみを頼ることはなかったらしい。武将の方も宗長ら連歌師をどちらかに与するものとは見ていなかったようである。連歌師というものはそのような立場にいなければ成り立たないものであったに違いない。

宗長、宗祇に会う

実は宗長のこの旅は宗祇を訪ねることだけが目的ではなかった。宗祇に会った後、都へ上る予定だったとある。都へ行く途中で宗祇を訪ねたと言った方が正確なのかも知れない。ところが、それは果たせなかった。このあたりは『宗祇終焉記』に次のように見える。先の引用の次の部分である。

宗祇見参《げざん》に入りて、年月隔たりぬることなどうち語らひ、都へのあらまし侍る折しも、鄙《ひな》の長路《ながぢ》の積もりにや、身に患ふことありて、日数になりぬ。やうやう神無月二十日あまりにおこたりて、さらばなど思ひ立ちぬるほどに、雪風烈しくなれば、長浜の浪もおぼつかなく、「有乳《あらち》の山もいとどしからん」と言ふ人ありて、形《かた》のやうに旅宿を定め、春をのみ待つことにして、明かし暮らすに、大雪降りて、日頃積もりぬ。この国の人だに、「かかる雪にはあはず」と侘びあへるに、まして耐へがたくて、ある人のもとに、

思ひやれ年月馴るる人もまだあはずと憂《うれ》ふ雪の宿りを

かくて、師走の十日、巳刻ばかりに、地震《なゐ》大きにして、まことに地に震《ふ》り返すにやと覚ゆること、日に幾度《いくたび》といふ数を知らず。五日六日うち続きぬ。人民多く失せ、家々転び倒れにしかば、旅宿だに定かならぬに、また思はぬ宿りを求めて、年も暮れぬ。

「あらまし」は予定の意である。宗長は都へ向かう予定があるという。ところが、田舎の道を長く旅して来て、身体に変調をきたした。宗長もその時五十四歳になっていた。宗祇と同様に旅に人生を送ったと言ってよい宗長もさすがに疲れが溜まったのであろう。

十月二十余日になってようやく回復した。「おこたる」は直るの意。それでは予定通り都へ旅立とうと決心するが、烈しい吹雪となった。「長浜の浪もおぼつかなく」とある。長浜は府中から西へ五、六キロメートル先の海岸、現在、谷浜と呼ばれている辺りで、険しい山が海に張り出しており、海岸の道は波に洗われているようなところである。さらに少し西に行ったところの親不知《おやしらず》のような難所であった。陸路を辿れば都へはこの難所を通過しなければならなかった。

これより十数年前、長享二年（一四八八）、この越後府中を訪れた万里集九は冬に旅立ったが、風雪にさいなまれ、能生《のう》まで行ったもののそこから先には一歩も進むことができなかったという。詩集『梅花無尽蔵』にはその時の状況が克明に記録されている。

集九が雪の中、府中を出立したのは十一月十六日、能生に着いたのは十七日であった。その時の記事には「雪中に有間河より能生を尋ぬ」「斯《こ》の日、風雪暴《ぼう》にして寒甚《かん》し」とある。「能生」は現、新潟県糸魚川市能生（写真33）、府中から二十九キロメートル余り、糸魚川の少し手前の海岸の町である。親不知（写真34）はさらに二十五、六キロメートルほど先になる。この年は翌年三月まで雪が降った。その時の七言絶句に、

　怒潮、雪を吹いて尚《なほ》、籬を侵す
　三月の今も十月の来たるが如し

と詠んでいる。結局、集九は十一月に府中を出たものの能生を出立することができたのは四月二十九日であった。宗長がもしこの時、無理を押して旅立ったとしても、集九と同様、途中で先に進むことができなかったに違いない。

　宗長が「有乳《あらち》の山もいとどしからん」と注意された「有乳（の）山」は第二章で触れた。現、滋賀県高島郡と福井県敦賀市の境にある山々のことである。京都と北陸地方を結ぶ主要な街道

写真33　能生の白山神社

写真34　親不知

沿いにあった。源俊頼（一〇五五〜一一二九）の和歌に、

冬来なば思ひもかけじ有乳山雪折れしつつ道惑ひけり（『散木奇歌集』）

などと、古来から雪の深いところとして詠まれてきた歌枕である。ここでもその通念によっての心配ということであろう。

さらに追い打ちをかけるように大地震が起こった。この地震の規模は国立天文台編『理科年表』ではマグニチュード六・五〜七・〇と推定されている。宗長が居住していた家も地震で破壊されたらしく、別の家に移転することになったという。

宗祇が府中のどのあたりの、どれほどの規模の家に住んでいたのか分からないが、宗碩などの門弟も同居していたと思われ、おそらく宗長も都に出立するまでしばらくということで、そこに宿を借りていたと思われる。同居ということであれば、地震によって宗祇ともども家を移ったことになる。「旅宿だに定かならぬに、また思はぬ宿りを求めて」というのは、宗祇の家に旅装を解いたが、まだ気持ちが落ち着かない内に、ということであろう。

地震によって住む家も失い、安住を求めて転居を余儀なくされた。宗長が越後府中を訪れたこの年はこのような不安に満ちた中で暮れたのであった。

地震以前、宗長は自分の第一句集となるべき『壁草《かべくさ》』の草稿を宗祇のもとに持参した。最終的な編纂の相談をするためである。大東急文庫本『壁草』には次のような跋文が記されている。

この両冊は宗祇古人、越後守護戸部《こほう》に八十《やそぢ》の残生を養はれて住み侍りし文亀の初、秋、

長月の暮、訪《とぶ》らひ罷り下りし時、その国に有る人、愚句を書き集めたりしとて見せしむ。雪中つれづれのあまりに四季・恋・雑と分けおきて侍るを、自然斎かつは直し、かつは加へなど、心をやることにせしを、さらば根もなきことになづらへて壁草といはんと言へば、さもやあるべからんとてうち笑ひ草なり（略）

「越後守護戸部」は上杉房能《ふさよし》のこと、その房能の庇護を受けていた宗祇を文亀初年九月の終わりに訪ねた時に、その国の人が自分の句を集めてくれて、それを見せてくれた、というのである。「長月の暮」とあるが、『宗祇終焉記』には九月一日に越後に着いたとあるので、句集を見せた時の日のことをいうのであろう。越後の人が集めてくれたというのはぼかした表現で、実際は自分で編纂したものだと思われる。三手文庫本の奥書には、

先年、宗祇古人越州にて罷り下り、この一冊見せ了んぬ。

と端的に書かれており、宗長は自撰の句集を宗祇の意見を聞くために駿河から持参したのではなかろうか。越後へ宗祇を訪ねた理由、都へ赴く理由もこの『壁草』のことが絡んでいた可能性がある。

「自然斎」は宗祇のことである。この句集を宗祇に見せると直してくれたりした、という。「壁草」は壁土に混ぜる萱などの草で、これを粗末な句集の喩えとして書名としたのである。

そうこうしている内に、例年にない大雪になったのであった。そして、十二月十日から数日にわたって地震が続き、師弟ともどもに、旅宿を新たに求めねばならなかった。久し振りの再

会が悲惨な状況に変わった。

宗祇最後の年

このような中で、新年を迎える。文亀二年、宗祇八十二歳、最後の年である。『宗祇終焉記』の次の部分を引く。

元日には宗祇、夢想の発句にて連歌あり。

年や今朝あけの忌垣《いがき》の一夜《ひとよ》松

この一座の次いでに、

この春を八十《やそぢ》に添へて十歳《ととせ》てふ道のためしやまたも始めん

と賀し侍りし。返し、

いにしへのためしに遠き八十だに過ぐるはつらき老の恨みを

おなじき九日、旅宿にして一折《ひとをり》つかうまつりしに、発句、

青柳も年に真拆《まさき》の葛《かづら》かな　宗祇

夢想の発句は「一夜松」、託宣により京都の右近馬場に一夜にして千本の松が生え、そこに菅原道真を祀る北野天満宮を建立したという伝説に関わる事柄を詠み込んだもので、連歌神である北野天神を寿いだ発句である。「夢想」は夢の中で神仏から示された句をいい、建前上、この句は宗祇の口を借りて神が詠んだということになる。老人であることと昨年末のつらい状

況を絡めれば、今年もまた新年を迎えることができたという感慨と取れるが、新年の発句はいずれもこのような祝言と言えるものが一般であるから、特に宗祇の個人的心情を汲み取る必要はないかも知れない。

次の和歌は宗長のものである。歌道関係者には八十歳に十歳を加え、九十の賀を祝った藤原俊成の例もある。同じように先生も九十歳に向かって道をお進みください、という祝賀の歌である。これも正月の歌として取り立てて言うべきことのないものである。

次の「いにしへ」のは宗長の歌に対する宗祇の返歌で、こちらは正月にはふさわしくない「つらい老の恨み」が詠まれている。一年前、宗祇は八十一歳になった時、実隆に手紙の中で次の歌を送っていた。先にも引いたが『再昌草』に見えるものである。

　思ひやれ鶴の林の煙にもたち遅れぬる老の恨みを

この歌と心情は同じだと言える。これが宗祇の新年を迎えた時の感慨であったのである。

宗祇はこの正月、三条西実隆に年賀の挨拶状を出している。『再昌草』文亀二年二月十九日の条に次のように見える。

　十九日、宗祇法師越の国に侍りし。正月初め文を遣《おこ》せたる。この頃見侍りしに、盃賜ぶよし申して、心ざし遣《おこ》することありし。喜び遣はすとて、

　めぐり逢はん寿《ことぶ》きしつつ向かふにもひとりは飽かぬ春の盃

宗祇が実隆に近頃見つけた盃を送ってきたというのである。この歌はその礼状に添えた実隆

の歌で、ひとりだけで新春をこの盃で祝うのは寂しいという、これも儀礼的とも言えるが、実隆の真情も籠もっているかとも思う。真意はともかく、このやり取りが宗祇と実隆の交流の最後となった。もっとも、この実隆の返事が宗祇のもとに届いたかどうかは分からない。この書状が府中に着く頃には既に宗祇は府中を旅立っていたであろう。

正月九日には旅宿で一折の連歌を楽しんだ。一折とは厳密には連歌懐紙一枚、計二十二句をいうが、あまり厳密に考える必要はなく、百韻を作らず、気楽にある程度の句数を楽しんで作ったということである。元旦の連歌は少し儀礼的であったので、宗長ら弟子たちと仲間内で詠んだということであろう。宗祇の発句は、青柳は新年を迎え、ますます真拆の葛のように緑を深くしていることだ、という意である。「真拆の葛」は定家葛の古名で、神事に用いた。「まさ」に「増す」が掛けられている。「まさき」には「真幸《まさき》」も掛けられている気がする。いずれにせよ、正月の連歌ということで、これも祝言の意味合いの濃いものである。

このように、天変地異の起こった年が新年に改まり、それなりに正月気分を味いつつ、一月を過ごしたのである。

ところが一月の末になって、事態が一変した。再び宗長が病に倒れた。このあたりの『宗祇終焉記』の記述は、劇的であるがゆえに虚飾、というより文学的な操作もあるかも知れない。それはともかく、この事態の急変に伴って、宗祇は越後を去ることを決意する。宗祇最後の旅の始まりである。

第七章　宗祇最後の旅

宗祇越後府中を去る

『宗祇終焉記』はこの新たな事態を次のように語っている。

この暮よりまた患ふ事冴えかへりて、風邪さへ加はり、日数経ぬ。如月《きさらぎ》の末つ方、おこたりぬれど、都のあらましはうち置きて、

「上野の国草津といふ湯に入りて、駿河国に罷り帰らんのよし思ひ立ちぬ」

と言へば、宗祇老人、

「我もこの国にして限りを待ち侍れば、命だにあやにくにつれなければ、ここの人々の哀れびも、さのみはいと恥かしく、また都に帰り上《のぼ》らんものも憂し。美濃国に知る人ありて、残る齢《よはひ》の陰《かげ》隠し所にもと、たびたびふりはへたる文《ふみ》あり。あはれ伴ひ侍れかし」と。

「富士をもいま一度《ひとたび》見侍らん」

などありしかば、うち捨て国に帰らんも罪得がましく、否びがたくて、信濃路にかかり、千曲川の石踏み渡り、菅《すが》の荒野をしのぎて、二十六日といふに草津といふ所に着きぬ。

宗長は再び病に倒れた。「この暮」は一月の末の意であるから、如月つまり二月の末頃までひと月患ったことになる。昨年からの体調不良、天変地異などが重なって、結局、宗長は予定していた都行きを取りやめた。

宗長がこの時、どのような用件があって都へ上ろうとしていたのかは分からない。生涯、たびたび故郷の駿河国と都を行き来しているので、取り立てた用事はなかったのかも知れない。ただ、この越後への旅の直前に三条西実隆と手紙を交わしていたことが、『再昌草』文亀元年の記事によって判明する。次のようなものである

五月の頃、宗長法師もとへ、駿河の国の便につけて文遣はす。

思ふ事ならぬ憂き身は富士の嶺の行きて見るべきあらましもなし

思い通りに行かないことがあって、富士山を見に行く予定が立たない、という実隆の歌である。このような歌をわざわざ宗長に届けているということは宗長からの誘いがあって、それは駿河守護、今川氏親に代わってのものである可能性が高いが、それに対する断り状なのであろう。宗長の上洛はこのようなことと関係があるのかも知れない。先述したように『壁草』の草案を持参し、それを完成しようとしていることも都へ行くことと関わるとも考え得る。

それはともかく、宗長は病が癒えたものの都行きを断念して、故郷の駿河国に戻ることにした。再び、関東を通過しての旅である。途中、現、群馬県にある草津温泉で湯治する予定であるという。

宗祇はその旅に同行することを願った。越後の国で生涯を終わろうというつもりでいたが、いつまでも生きながらえている。ここの人々が自分を労ってくれるのも申し訳ない気がする、と言う。「命だにあやにくにつれない」とは、寿命さえ思うにまかせず、私の意志を尊重してくれない、死ぬこともできない、という意である。

この国を出ることにしたいが、故郷の京都に帰ることもいやだ。美濃国に知人がいて、そこを終の棲家にしたらよいとたびたび誘ってくれるので、そこまで連れていってくれ、と宗長に懇願するのである。「ふりはへる」はわざわざ、という意である。

宗祇がいつ頃から越後国を出たいと思うようになっていたのかは不明である。その理由も、この国の人々にいつまでも世話になっていることがつらい、と書かれているのみで、そうであるならば、はじめからここで生涯を終えるなど決意することはなかったとも言える。宗祇の心境に変化があったのであろう。それは越後守護の立場の変化であったかも知れない。

越後国も宗祇にとって居心地のよいところではなくなっていたのであろう。金子金治郎は『旅の私人　宗祇と箱根』の中で、この宗祇の心境を次のように推察している。

理由は、「ここの人の好意にいつまでも甘えていられない」、という心情的な点にあるが、実情は、甘えていられない状況の変化にあるのであろう。

端的にいって、越後上杉守護家をめぐる政治の状況が、次第に危機的傾向にあったためと思われる。窮極の破滅は、宗祇の越後退却から五年後の永正四年（一五〇七）八月に、守護房能が、守護代長尾為景《ためかげ》（上杉謙信の父）に攻められ、自殺する結末になっている。そうなるには段々の経過があるのであって、明応三年十月十七日に、父房定の没した後、守護職を嗣いだ房能は、それまで政務の実際を守護代以下に委せてきた慣行を廃し、明応七年ごろから守護の直接支配に改めようとした。（略）守護・守護代の間の軋《きしみ》は、次第に深刻化していた。


そのような状況を感得したことが主要な理由だというのである。金子の言う「明応七年ごろ」云々は、房能が「守護不入制廃止」を打ち出したことを指している。ただ、金子も直接の動機として大地震などのこともあったとするように、理由は一つではないと思われる。

宗祇は越後を離れて都ではなく美濃に行きたいという。しかし、宗祇が期待する美濃国に誰がいるというのであろうか。たびたび誘いの手紙をくれたというがそれは誰だったのであろうか。宗祇と関係の深かった美濃国府にいた斎藤妙椿《みようちん》は文明十二年に、郡上《ぐじよう》の東常縁《とうのつねより》は文明十六年に没している。また、宗祇の師、専順も文明八年に不慮の死を遂げている。当時はそれぞれの跡継ぎの時代であった。このことは越後国に既に上杉房定《ふささだ》がいなかったことと同じである。越後で生涯を終えようとしたのは、庇護者がいるはずだという宗祇の自分勝手な思い込みによってであったはずがない。当然のことながらそのように誘ってくれた越後関係者がいたからであろう。しかし、それは安穏な生活を保証してはくれなかった。そう考えれば、美濃国のことも同様である。そのことは宗祇だって分からないはずがないと思う。

故郷である都でなく、というのも真の理由は分からない。宗祇が都を出てしばらくして自宅の種玉庵が焼失したことは先にも述べた。しかし、それは翌年、規模は小さいかも知れないが再建されている。三条西実隆も宗祇のことを心配しており再会を望んでいる。それらのことと、美濃国の「知る人」とどれほどの相違があったのか分からない。結局は宗祇が越後を出たいというのは取り立てて確たる目処があってのことではなかったのではなかろうか。もしかすると、旅の途次での死を覚悟していたのかも知れない。そうであれば、安住の地として口にした土地はどこであってもよかったことになる。

ともかく宗祇は美濃国に待っている人がいるから、として越後を離れることにした。しかし、直接に美濃へ行く道を取らなかった。わざわざ関東を経由しての美濃行きであった。

越後府中から美濃へ行くには越中から飛騨を越えて行くのが早い。現、富山県滑川から飛騨高山方面へ入っていく道である。尭恵は文明十八年（一四八六）、『北国紀行』の旅で美濃国郡上からこの道を通って越後府中へ赴いているし、長享三年（一四八九）には万里集九《ばんりしゅうく》が妻子を伴ってこの道を、現、岐阜県各務市鵜沼《かがみ》まで戻ってきている。『梅花無尽蔵《ばいかむじんぞう》』には、

越の後州、能《のう》生山を出でてより、今日に至るまで凡そ一十三朝。

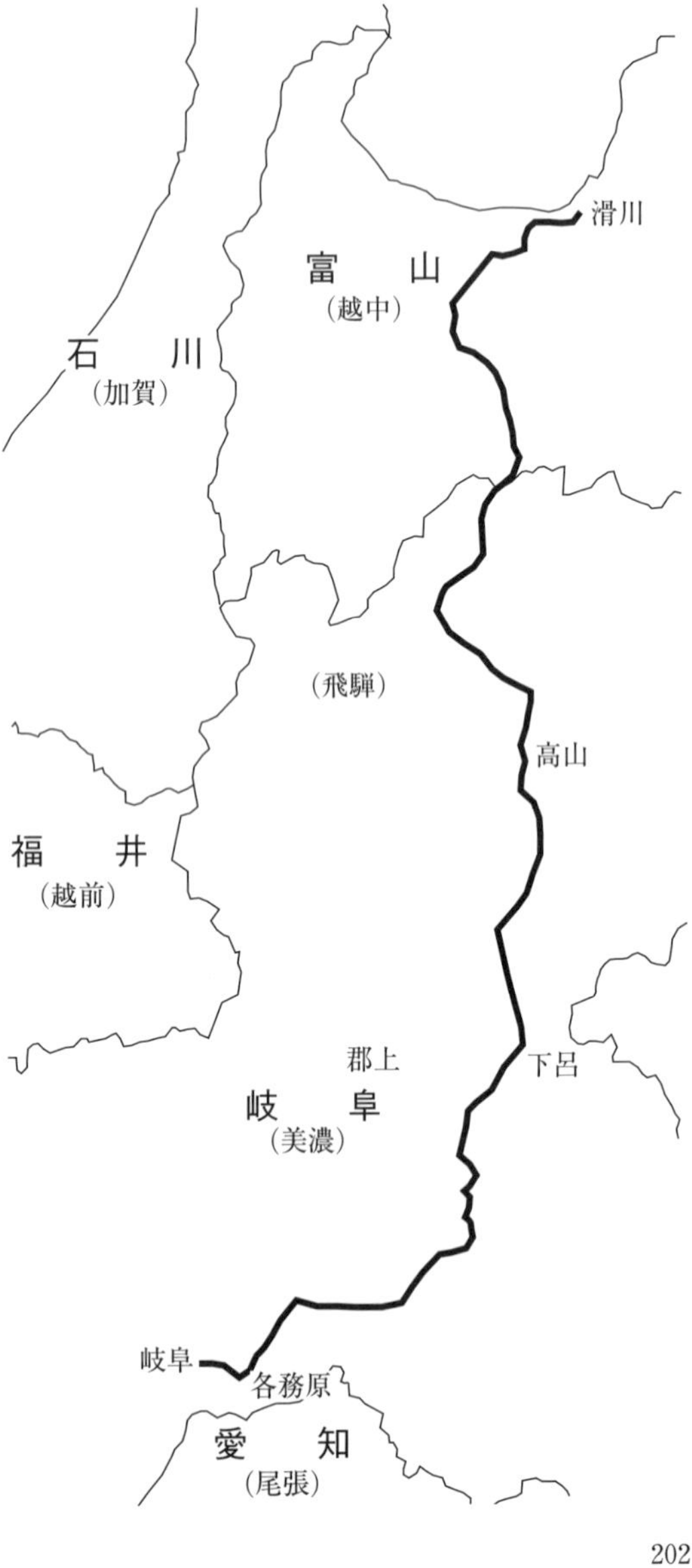

とあり、先述したように集九は越後府中を出て二日目で能生から先に進めなくなったが、夏になって再び旅立ってからは十三日で鵜沼まで来ることができたというのである。

しかし、宗祇はそうしなかった。わざわざ関東を回る道筋を取った。『宗祇終焉記』から窺える理由は、富士山を見たいという願望、伊香保温泉での湯治などが挙げられる。確かに宗祇は富士山を好んだようで、『実隆公記』明応五年九月二十八日の条では、見飽きることのない

「言語道断殊勝」の山であると語っている。ただし、これだけの理由とも思えない。それらよりは宗長との同行を望んだのではなかろうか。富士山のことはともかく、美濃に赴きたいのであれば、宗碩も宗坡も水本与五郎もそばにいたのであるから、いつでも飛騨を抜けて直接に美濃へ行かれたはずである。

このように考えてくれば、宗祇の越後出国希望は宗長との関係が深いと思われてくる。年老いてからもっとも信頼を置いていたと思われる宗長との別れが耐え難かったのではなかろうか。宗長がいれば何かと面倒を見てくれるかも知れない。たとえ、美濃まで行かれなくとも、途中には宗長の故郷、駿河がある。宗祇の思いには宗長への甘えがあった気がする。

越後から信濃へ

そのような老人のわがままにつきあわざるを得なかった宗長は宗祇に付き従って越後を出た。宗祇を捨てていくわけにもいかないのでと『宗祇終焉記』にはある。宗長も体調のことがあり、不安をかかえての旅路であったであろう。

「信濃路にかかり」とあることから、北国街道を通った。草津に着いたのが三月二十六日ということで、遅くとも三月中旬には府中を旅立ったのであろう。とりわけ昨年の冬は雪が深かった。妙高（写真35）・黒姫の山々は雪に覆われていたことと思われる。街道にはもう雪はなかったであろうか。

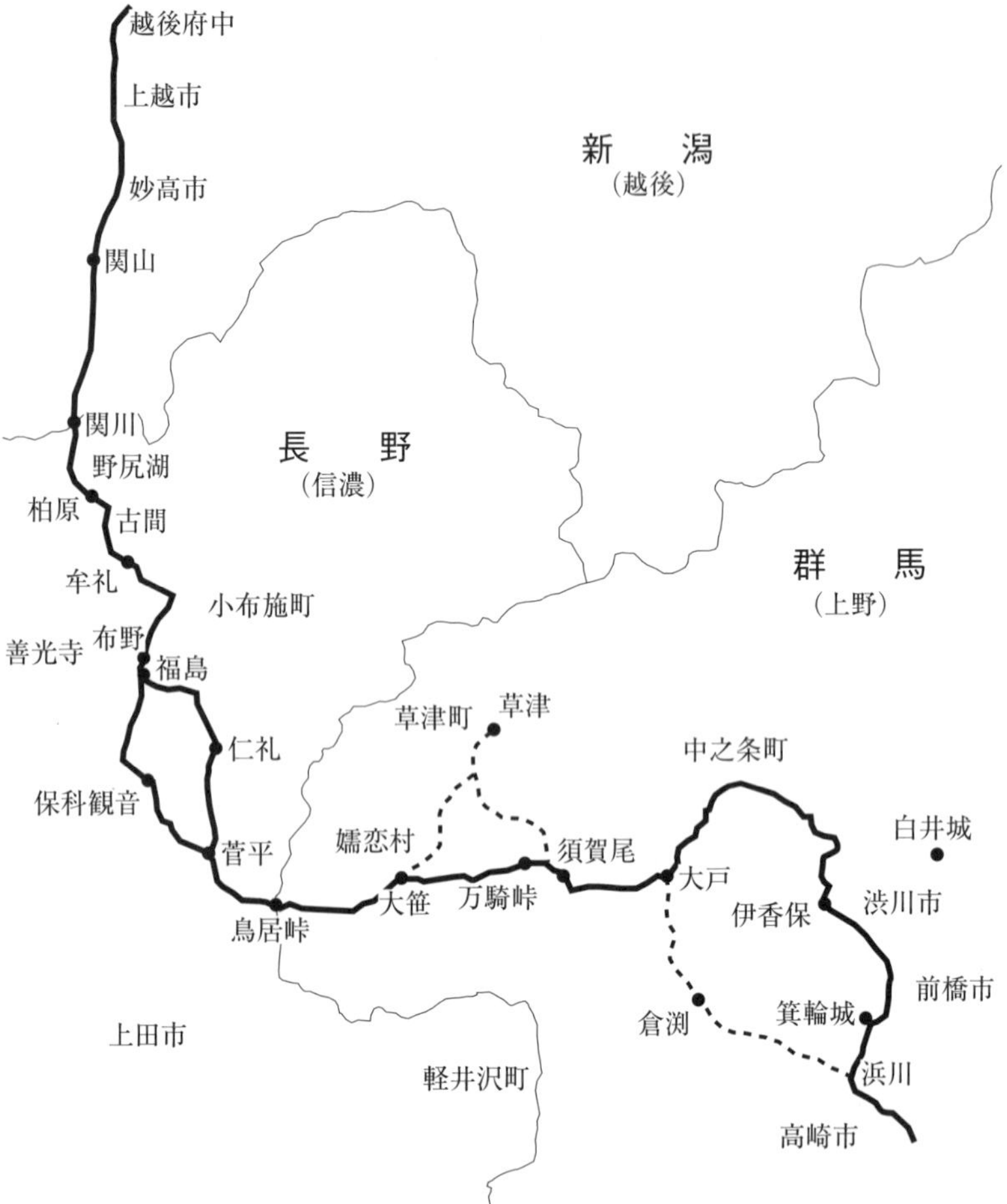

越後府中
上越市
新　潟
(越後)
妙高市
関山
長　野
(信濃)
関川
野尻湖
柏原
古間
群　馬
(上野)
牟礼
小布施町
布野
善光寺
福島
草津町
草津
仁礼
中之条町
保科観音
白井城
嬬恋村
須賀尾
菅平
大戸
大笹
万騎峠
伊香保
渋川市
鳥居峠
前橋市
倉渕
箕輪城
上田市
浜川
軽井沢町
高崎市

写真35　妙高山（中央奥）

写真36　関川関（近世）跡、前方の橋の先が信濃

宗祇は馬に乗って旅であったと思われる。本書の「はじめに」で書いたように、現在、諸所に残る宗祇騎馬図（図1）は後の想像図であるが、宗祇の旅の様子を彷彿とさせるものである。当時、馬がよく乗用として使われていたことは第一章で述べた。宗祇の乗った馬、荷物を載せた馬は、水本与五郎らが曳いていたことであろう。後のことになるが、宗祇が相模国の国府津《こうづ》までたどり着いた時には、駿河から迎えの馬や輿がもたらされ、弟子の素純は馬を馳せて駆けつけている。

宗祇らがどこにいつ泊まったかなどはまったく分からない。尭恵の旅などを見た時に言及した関山三所権現（写真14・20）には宿したことと思われる。ここは初編本『老葉』に残された発句もあるように宗祇にとっても旧知の地であった。

関山から八キローメートルほどで関川宿（写真36）である。古くか

写真37　野尻湖

写真38　柏原宿

ら国境の地として重視され、中世末期には関所が置かれたことが確認できる。これを越えれば信濃国である。

　街道の最高地点付近の国境を越えて野尻湖畔（写真37）を巡れば、柏原（写真38）、それに接した古間《ふるま》宿に着く。柏原は小林一茶の故郷であり、終焉の地である。さらに十キロメートル弱下れば牟礼《むれ》宿に至る。ここから現、長野市の中心部、信濃善光寺への道が分かれるが、『宗祇終焉記』には善光寺のことが記されていない。そのまま北国街道松代《まつしろ》通りを進んだと思われる。

　道は神代《かじろ》宿で飯山《いいやま》街道と分かれるが、松代通りは千曲川左岸（西側）沿いに南に行く。現、長野市柳原にあった布野《ふの》の渡し（写真39）で千曲川を右岸、東側に渡ると福島宿（現、須坂市）（写真40）である。ここからの松代通りは千曲川の右岸に沿って続く。福島宿から十五キロメートルほど南に行った所が松代である。北国街道はこの松代を抜け、篠ノ井・矢代（屋代）に至ると、大きく東南に曲がる。その先は上田・小諸へ向かい、追分宿で中山道と合流して軽井沢へと通じている。

先ほど述べた、道が大きく曲がる辺りの北国街道を少し南へはずれたところが更科である。第二章でこの名所の月を宗祇が賞翫したことに触れた。宗長はその時も一緒であった。信濃の道を行く時、宗祇ともどども、かつて信濃を遊歴したことを思い起こしていたことと思う。

『宗祇終焉記』から少しずれて、北国街道を辿り過ぎた。もとに戻ると、『宗祇終焉記』ではこのあたりの記述は、「信濃路にかかり、千曲川の石踏みわたり」とあるだけで詳細を省いている。恐らく、布野で千曲川を渡ったのだと思われる。ここは川幅が広く、流れがゆるやかであった。

次が以前から問題とされることの多い箇所で、「菅の荒野をしのぎて」とされているところである。問題とな

写真39　布野付近の千曲川

写真40　福島宿

る要因は「菅の荒野」が『万葉集』巻十四の東歌に、

信濃なる管の荒野に郭公《ほととぎす》鳴く声聞けば時過ぎにけり

と詠まれて以来、現、松本市の歌枕とされてきたからである。しかし、すでに『嬬恋村誌』で指摘されているように、この「菅の荒野」は現在の菅平を指すと考えてよいと思われる。

金子金治郎も『旅の詩人　宗祇と箱根』で、

ここでは菅平を管の荒野と呼んだらしい。

と述べ、

多分に土地自慢のきらいがある。しかしそんな伝承は、終焉記の時代に遡って存していたのかも知れない。

としつつ、江戸期の国学者、清水浜臣《はまおみ》の紀行、文政二年（一八一九）の『上信日記』の記載を紹介している。この『上信日記』は時代がかなり下るが、信濃川付近の北国街道の様子をよく示していて、宗祇の旅の参考になる。浜臣は布野で、雨で増水していた千曲川を舟で渡り、福島宿に至り仁礼《にれい》へ向かう。このあたりの原文の一部を引いてこの土地の様子を窺うこととしたい。はじめは閏四月十六日の日記の一部である。

仁礼は大笹越すべき旅人の必ずや取るべき道なれど、あやしの家居のみなり。ただ我が心ざす羽生田の家のみいと大きやかに見ゆ。茂雄を先立てて案内《あない》させたれば、修平まで出迎へたり。伴ひて入り見るに家居のさまつきづきし。（略）今宵は夜更けぬ間に枕取る。

浜臣は翌十七日、十八日とここに滞在し、十九日に仁礼を出発する。

今日は天気もよし。今日は大笹越えして草津へと思ふ。主に暇《いとま》告げて出づ。（略）修平道まで送り参らせんとて伴ひ出づ。ひた登りに登ること二里八丁、滑峠《なめりとうげ》、木賊《とくさ》窪など経て峠に至る。なべて裸山なり。ここのうち開きたる所を今、菅平《すがひら》といふはいにしへの菅《すが》の荒野ならましと修平言へり。地名考には伊那郡の菅野村ならんと言へれど、菅野村は荒野といふばかりの所にもあらず。ただおし当ての思ひやりごとにて、寄り所となしがたしと言ふ。げにここの荒野のさま言はんかたなく恐ろし。今日は風吹くといふばかりの日にはあらぬに、荒野の嵐激しくて息付きあへぬばかりなり。

　雲を吹く嵐を道に先立てて菅の荒野を越えぞ過ぎゆく

五六町行きて石の標《しるし》立てり。ここより小県郡《ちひさあがた》となる。この辺り「かには」の木のみ荒野の中に所々生ひ立てり。土人は「かんば」と言へり。ここより浅間山見ゆ。

「かには（かんば）」は白樺《しらかば》・岳樺《だけかんば》のことで、今でも多い。菅平の荒涼とした様子がよく分かるが、宗祇の時代もほぼ同様であったと思われる。ましてや宗祇らが越えた季節は春の終わり、三月中旬頃であった。まだ、あちらこちらに雪が残っていたことであろう。

浜臣はこの後、菅平を下り、上田からの道沿いの渋沢に出て、国境の鳥居峠を越え、上野国に入ってから吾妻川まで下り、その川沿いの道筋の田代・大笹を通り抜け、中居村・赤羽根村（現、嬬恋村三原）に至ってから草津へ上っている。

写真41　清水寺（保科観音）

「菅の荒野」が宗長の思い違いでの使用であったか、故意の使用であったか、何とも言えない。それはともかく、菅平を越えたとすれば宗祇らの道筋は不思議ではなくなる。ただし、宗祇らが千曲川を渡った後、浜臣と同様に仁礼へと進んで菅平に登ったか、しばらく千曲川右岸を行き、河田（川田）からこれも菅平の登り口であった保科宿へ進んでから、登ったかは分からない。いずれも現、群馬県吾妻郡嬬恋村の大笹に至る道で、大笹街道と呼ばれている道である。後者の道は現在はあまり使われていないが途中に保科観音（清水寺）（写真41）などがある道で、古くはこちらが主たる道であった可能性がある。『吾妻鏡』文治二年（一一八六）二月二十五日条に、三浦義澄の宴会に「信濃国保科宿の遊女の長者」が出たという記録があり、平安末期にはすでに宿場のあったことが分かる。

草津・伊香保へ

菅平からは、いくつか下る道があったようであるが、最終的には現在の長野県と群馬県の県境である鳥居峠（写真42）へ出て、この峠を下り大笹宿（写真43）に至る。このあたりは浜臣の記述に見えるとおりである。大笹は、白井《しろい》城のあった地である現、群馬県渋川市で利根川に合流する吾妻川沿いの宿場であった。ここは、そのまま吾妻川沿いに下り渋川方面に行くか、南に六里が原（現、浅間高原）を越えて中山道沓掛《くつかけ》（現、中軽井沢）へ行くか、東に道を取って鎌原《かんばら》宿から大戸《おおど》へ行くかの分岐点であり、近世には関所が置かれていた。

『宗祇終焉記』では「菅の荒野」を過ぎたあと、「二十六日といふに草津といふ所に着きぬ」と途中の経緯を省略して述べる。「草津」は草津温泉である。大笹街道を辿ってきた者は中居宿（現、三原）から草津へと向かう。宗長もこの道を草津温泉へと上ったのだと思われる。大笹から中居まで六キロメートル弱、そこから草津までは十五キロメートル、高低差四百メートルほどである。

写真42　鳥居峠

写真43　大笹宿　分岐点の道標

大笹街道は近世には中山道の脇往還として利用された道で、榛名山の西山麓を抜けて群馬県高崎に通ずる道と

写真44　草津温泉湯畑の柵の来訪者プレート

して北陸・信濃と江戸間の物資の往来などにも使われた。庶民の間では関東と善光寺を結ぶ最短の道であり、途中に草津温泉があることから、善光寺詣でと合わせて利用された。信仰と湯治とで心身の健康を回復する道であったわけである。

　宗長は越後を立った時の予定通り、草津温泉に行った。宗祇はというとどうであったであろうか。現在、草津温泉の中心、湯畑を囲む柵の柱（写真44）にはこの温泉に訪れた著名人の名が刻まれていて、その中に宗祇の名も見えるが、『宗祇終焉記』を読む限りでは草津へ行ったかどうかは判然としない。そのあたりの考察を念頭にしながら、続きを見ておきたい。

　同じき国に伊香保といふ名所の湯あり。中風のために良しなど聞きて、宗祇はそなたに赴きて、二方《ふたかた》になりぬ。この湯にて煩ひそめ、湯に下《お》るることもなくて、五月《さつき》の短夜をしも明かし侘びぬるにや、

　いかにせんゆふつけ鳥のしだり尾の声恨む夜の老の旅寝を

宗祇が草津へ行ったかどうかに関しては、金子金治郎『旅の詩人　宗祇と箱根』の中に次の

ような発言が見える。

草津着の三月二十六日から伊香保三吟までの三十日間の過ごし方が問題になる。草津で若干日の入湯があり、伊香保では病んで湯にも入らなかったというから、すでに相当日数を伊香保に当ててよいと思う。

宗祇は草津温泉に「若干」の日を過ごした、というのであるが、しかし、「宗祇はそなたに赴きて、二方になりぬ」という『宗祇終焉記』の記述は、草津まで行って別れたというのではなく、その前の時点で、宗長自身は草津へ、宗祇は伊香保（写真45）へと読めるがどうであろうか。文が前後するが、「草津といふ所に着きぬ」は宗長が、ということではなかろうか。伊香保へ行く目的の者がわざわざ草津を経由するという道筋は考えにくいのである。いずれにせよ、宗長の方は伊香保へは行かなかった。それは、宗祇について伊香保では「明かし侘びぬるにや」という推量の形で書かれていることからも分かる。

写真45　中之条方面から見た伊香保温泉街

この旅には宗碩も宗坡も付き従っていた。かれらはどうしたのであろうか。『宗祇終焉記』からは何も読み取れない。しかし、伊香保において宗祇を交えて三人で連歌を巻いていることが分っている。「文亀二年卯月二十五日　於

「伊香保湯」と端作《はしづくり》のある「何衣百韻《なにごろも》」である。発句は宗祇の次の句である。

手折るなと花や言ひそめし杜若《かきつばた》

脇・第三は、

散る跡茂る宿の梅が枝　　宗碩

朝ごとの霞の軒は鳥鳴きて　　宗坡

（『宗祇連歌作品拾遺』）

で、宗祇三十四句、宗碩三十三句、宗坡三十三句を詠んでいる。これによって、宗長以外は宗祇と常に同行していたことが分かる。

当然とも言えるが宗長の手記である『宗祇終焉記』には別れた後に、宗祇がどのような道を辿って伊香保まで行ったかは書かれていない。したがって、一般的な道筋を推測する以外にないが、問題は宗祇が草津へ行ったかどうかで、それによって取った道は変わってくる。

宗長が草津に着いたのは三月二十六日である。宗祇らが同行していたとすると、そこから、後に述べるように、どの道を通っても一度、吾妻川まで下り、そこから再び伊香保へ対岸を上り返さなければならない。直接に伊香保に向かうのに比べ、体力も考慮に入れれば、どれほど余分な日数が必要であったであろうか。宗長は、この『宗祇終焉記』の旅から七年後、天正九年（一五〇九）に宗祇を偲ぶ旅をし、『東路のつと』という紀行を残しているが、そこには宗祇が「信濃路より例ならざりし」様子であったとあって、上野国の大笹に着く前から体調が悪かったことを記している。それならばなおのこと草津への回り道はしなかったように思われる。

先に指摘したように伊香保では四月二十五日に百韻を巻いている。草津に着いてほとんど日を置かずに伊香保に向かったとも考えにくい。しかも、厳しい山道を行くことになる宗祇を宗長は草津で見放したということも不自然である。勿論、途中で宗祇と別れるということも冷淡な気がするが、宗長は越後を立つ時から草津温泉での湯治を目的のひとつとしていたのであり、宗祇は美濃まで行きたかったのであるから、宗長は予定通り草津へ、宗祇はできるだけ楽な道を取って先に進むということで、お互いの了解がなされていたのだと思う。

そう考えてくると大笹が分岐点になる。宗長はそのまま吾妻川沿いの道を中居まで下り、そこから草津へ向かった。宗祇らは大笹から鎌原宿へ、そこから浅間山の北麓に当たる六里が原を横切り、大桑《おおくわ》・狩宿《かりやど》、そこからは菅峰の南側の峠、万騎《まんき》峠を越え須賀尾《すがお》宿へと出たのだと思われる（写真46）。この道は中世・近世期、関東から信濃、さらに北陸に抜ける重要な道で、狩宿には関所があった。高崎方面からは万騎峠、鳥居峠、菅平を越えて行くと、善光寺までほぼ直線的に通じている。大笹から狩宿まではあまり高低差がなく、見晴らしのきく快適な道である。唯一、須賀尾（写真47）へ抜ける万騎峠が厳しいが、渓谷をなす吾妻川から須賀尾へ上るよりは楽であったと思

写真46　左、万騎峠、右、横壁（須賀尾宿側から）

写真47　須賀尾宿

写真48　大戸関跡（近世）、右は倉渕・高崎への道

われる。
大笹からしばらく吾妻川沿いに下って、現、JR吾妻線長野原駅を越えたあたりで、横壁と呼ばれている集落から正しく壁のようにそそり立つ岩山を上って須賀尾に行く道もある。こちらは草津からは直線距離で、宗長は草津から高崎に出るのにこの道を通ったと思われるが、大笹からは回り道になる。

いずれを通ってもその先は大戸宿（写真48）である。大戸は中世期から吾妻地方の拠点の一つで、交通の要衝でもあった。近世末期、侠客、国定忠治はこの関所を破ろうとして捕らえられたという。榛名山の西麓にあたり、榛名山を北東に回れば伊香保へ、南に回って倉渕から烏川沿いに下れば、現、高崎市へ出られる。宗祇は北回りで伊香保へ赴いたに違いない。草津へ行った宗長は須賀尾から大戸、南回りで高崎に出たと思われる。

宗長は『東路のつと』の旅でも草津を往復しているが、この時も草津からは大戸・倉渕・高崎の道筋を取ったと思われ、大戸で「浦野三河守宿所に一宿」したと記している。

『宗祇終焉記』に戻ると、宗長は草津に三月二十六日に着いた。草津にどれほど滞在したかは書かれていない。次に日付が見えるのは次に引く箇所の冒頭、上戸《うわど》に着いた時で、七月初めとある。後述するように途中、二十日以上逗留した所もあったようなので、それらを勘案し、草津を出てからひと月半後に上戸に至ったとすると、五月の半ば頃に草津を出ればよいことになる。宗長の草津温泉湯治は二ヶ月ほどということになろう。因みに、『東路のつと』の旅では九月十二日に草津に着き、二十一日に再び大戸に戻って来ている。

宗祇の方はというと、伊香保にはいつ頃着いたのであろうか。病弱の身で大笹・鎌原・狩宿などに泊まり、万騎峠を越えて須賀尾、そして大戸で泊まり、などすれば少なくとも、伊香保まで一週間ほどはかかったかも知れない。宗長が三月二十六日に草津であることから考えれば、それより遅く、四月に入ってからの到着であったであろうか。

宗祇は折角着いた伊香保で病に罹り、温泉に入ることもできなかったと『宗祇終焉記』にはある。あくまでも宗碩らからの伝聞であろう。先に紹介したように、『東路のつと』には宗祇が「信濃路より」普通の状態ではなかったとあって、それならば、もっと早く体調を崩していたことになる。いずれにせよ、もともと伊香保温泉に宗祇が赴いたのは、「中風のために良しなど聞」いたからで、それがいつ深刻になったかの判断の問題なのであろう。

ただし、伊香保で「湯に下るる事もなく」というのはどれほど事実を伝えているのであろうか。少なくとも四月二十五日には百韻を巻いており、それだけの体力はあったはずである。その頃には幾分か身体も回復してきていたのかも知れない。『宗祇終焉記』には「五月の短夜」を明かすのがつらくとあり、その心情を詠んだ宗祇の歌が記載されていることからすれば一進一退ということなのであろうか。

現在、伊香保温泉には千明仁香亭《ちぎらじんこう》という温泉宿があり、この宿の案内には、宗祇が湯に入った宿であり、一五〇二年創業とある。一五〇二年はまさしく宗祇が伊香保を訪れた年である。今は温泉街の中心である石段の脇にあるが、その三百メートルほど上、源泉付近に、この地を支配していた千明氏の館跡（写真49・50）と称するところが残っている。宗祇が宿としたとすればその館であったのかも知れない。

金子金治郎は『旅の詩人　宗祇と箱根』の中で、先に紹介したように、宗祇は草津へ赴いた後に伊香保に訪れたとして、「草津着の三月二十六日から伊香保三吟までの三十日間の過ごし方が問題になる」とし、

ここまで来た宗祇が、三十数年前の東国行脚時代に特に恩顧を受けた白井城に立ち寄らないことはないと思う。

と述べ、

草津で宗長に別れた後、宗祇達は伊香保に行くのであるが、その途中、白井城に寄ったの

ではないか
としている。しかし、先述したように宗祇にそれだけの日程・体力の余裕があったとは思えない。そもそも白井城を関東制覇の拠点としていた越後上杉氏に関して言えば、既に定房も定昌も没していていない。白井長尾氏に挨拶に出向いたというのであろうか。
宗祇がいつ伊香保を出立したかは不明である。宗長と宗祇の体力の差を考えれば、先に推定した宗長の草津出発日、五月の半ば頃と同じ頃の出立と考えてそう狂わないと思われる。「五月の短夜」を歎いた歌を詠んで間もなくということである。宗祇の伊香保滞在はひと月余りと

写真49　千明氏居館跡

写真50　千明氏居館跡付近の宗祇の楓

いうことであったろうか。

武蔵野を行く

宗長は草津、宗祇らは伊香保を出て、武蔵野へと入っていった。『宗祇終焉記』は伊香保の記述の後に次のように記している。

文月の初めには武蔵国入間《いるま》川のわたり、上戸《うはど》といふ所は今、山の内の陣所なり。ここに二十日余りがほど休らふ事ありて、数寄の人多く、千句の連歌なども侍りし。三芳野の里、河越に移りて十日余りありて、同じき国、江戸といふ館にして、すでに今際《いまは》のやうにありしも、またとり延べて、連歌にも合ひ、気力も出でくるやうにて、鎌倉近き所にして、二十四日より千句の連歌あり。二十六日に果てぬ。一座に十句、十一二句など句数もこの頃よりはあり。面白き句もあまたぞ侍りし。この千句の中に、

今日のみと住む世こそ遠けれ

といふ句に、

八十《やそぢ》までいつか頼みし暮ならん

年の渡りは行く人もなし

老の波幾返りせば果てならん

思へば、今際のとぢめの句にもやと、今ぞ思ひ合せ侍る。

箕輪城
前橋市
浜川
高崎市
長　野
（信濃）
群　馬
（上野）
本庄市
古河市
鉢形城
埼　玉
（武蔵）
上戸
河越城
さいたま市
所沢市
東　京
八王子市
江戸城
山　梨
（甲斐）
相模原市
町田市
厚木市
川崎市
伊勢原市
横浜市
神奈川
（相模）
実田城
藤沢市
富士山
鎌倉市
御殿場市
小田原
国府津
静　岡
（駿河）
箱根湯本
桃園定輪寺
三島市
駿府府中

写真51　箕輪城跡から見た浜川方面

この紀行では伊香保の記事から突然、上戸に飛ぶ。草津に赴いた宗長はおそらくは大笹で別れて以来、数ヶ月を経て再び宗祇と同行している。どこかで宗長は宗祇ら一行と合流したはずであるが、その記載が欠けている。ただ、後の『東路のつと』には、そのあたりのことを窺わせるような記事がある。次のものである。

浜河といふ所に、松田加賀守、法体《ほったい》して宗繁《そうはん》、この十年あまり言ひかはし侍り。八、九年の先の年、宗祇、北路よりあひ伴ひしに、信濃路より例ならざりしに、この所にて二十日あまり逗留。懇切のみ今に謝しがたきことなるべし。一両日ありて重陽に興行。

今朝幾重新綿《にひわた》白き宿の菊

折ふし家新造なり。

「浜河（川）」は現、高崎市の内で、榛名山の東南に当たる。大戸・倉渕からの道と伊香保から下ってきた道が合流する地点である。当時、このあたりは長野氏の支配地であった。少し北の箕郷《みさと》の台地には西上野支配の拠点として、十五世紀後半に長野業尚《なりひさ》によって箕輪城《みのわ》（写真51）が築かれた。第四章で触れたように尭恵はこの地と白井城を行き来してしばらく過ごしていたのであった。

松田加賀守はどのような人物であったか不明であるが、長野氏の被官か土地の国人であったのであろう。『東路のつと』を参考にすれば、宗祇は小康を得て伊香保を旅立ち、おそらく連絡を取り合っていた宗長との合流場所の浜川の松田邸まで来たものの、再び病が重くなって二十日余りここにとどまったのである。五月半ばに着いたとすれば、六月上旬までの滞在であった。

なお、宗長の句集『壁草』に次のような詞書および句があり、その詞書中の宗祇の発句「その葉さへ」がこの滞在中のものであった可能性を金子金治郎『旅の詩人　宗祇と箱根』では指摘している。

宗祇、ある山寺にして、「その葉さへ花橘の色香かな」とつかうまつりて、身まかりぬる又の年、おなじ坊にて侍りし会に

橘に去年をぞしのぶ軒端かな

「花橘」は五月の景物である（『僻連抄』）。

その後、『宗祇終焉記』に記された上戸に赴く。上戸は現、埼玉県川越市、入間川と小畔《こあぜ》川に挟まれた地で、現在、常楽寺のあるところに山内《やまのうち》上杉氏の陣があった。扇谷《おうぎがやつ》上杉氏の居城の河越城とは入間川を挟んで対峙する場所である。『宗長手記』には、永正元年（一五〇四）九月初のこととして、

鎌倉山内・扇谷号二両上杉一山内管領職牟楯《むじゅん》。扇谷は早雲一味、河越・江戸。山内は上戸・鉢形。いづれも合戦すべきになりて、武蔵野にもあまるばかりなるべし。坂東路三里ばかり、敵退くに及ばず、味方進むにあらず。

と見える。

その上戸に着いたのは七月初めのことで、先ほどの推定では浜川を出てから三週間ほどの後ということになる。この付近は山内・扇谷の両上杉氏が覇権を争っていた要地であった。その事情が、「今、山の内の陣所なり」という宗長の言葉に奇しくも示されている。浜川から上戸までは距離があるので、途中、上戸と同様に山内上杉氏の重臣であった長尾顕方《あきかた》の居城、鉢形城などに立ち寄ったかも知れない。宗長は『東路のつと』の旅ではこの鉢形をひとつの起点として各地に赴いている。

途中経過は不明であるが、宗祇らはこの上戸で再び二十日余り滞在、千句連歌などに参加したとある。名前が見えないが宗祇や宗長にとって旧知の人もいたことと思われる。『東路のつと』には付近の勝沼にいた三田氏宗の名が見え、連歌をたびたび詠んだとある。

ここを出たあと「三芳野の里」、「河越」に歩を進める。「三芳野の里」は現、川越市的場付近一体を指す。『伊勢物語』第十段には、「入間の郡三芳野の里」での都の男と土地の娘との恋物語が描かれており、歌枕とされた所である。このあたりの道筋は行ったり来たりしている感がある。ただし、金子は前引書で三芳野の里の範囲を広く取って、「三芳野の里、河越」とは

「三芳野の里の川越」の意であり河越城のことを指すとも推察できる、としている。先述したように、河越は扇谷上杉氏の拠点であった。もともと宗祇は山内上杉氏と深い関係を持っており、当時の越後守護、上杉房能も関東管領家である山内上杉氏を嗣いだ顕定の実弟であったのであるが、両上杉氏の拠点双方を訪れたとすれば、そこに連歌師の自在さが感じ取れる。

もっとも、先にも触れたことだが、当時は『宗長日記』に見えるように扇谷上杉氏を北条早雲が味方し、さらにそれを早雲の姉（妹とも）を母に持つ今川氏親が支援するという関係にあった。氏親は宗長の主人であるから扇谷上杉氏との結びつきも重視されたのであろう。

「河越」に十日余りいて、その後、「江戸」に赴く。江戸はもともと太田道灌《どうかん》の居城であり、かつて宗祇も含めて文事が盛んに行われた所であった。

万里集九も文明十七年（一四八五）十月二日に江戸城に着き、その後、周辺各地を経巡るが、長享二年（一四八八）八月十四日に最終的に離れるまで、三ヶ年ほどこの江戸に居を置いていた。その間、江戸を詠んだ詩を多く残している。七言絶句の一例を挙げると次のごとくである。

一々細かに佳境を并《なら》べて看るに
隅田の河外、筑波山
窓に入る富士、道ふに堪《い》へず
潮気、舟を吹いて旅顔を慰む

窓を開けば則ち隅田河は東に在り。筑波山は北に在り。富士は諸峰に出で、三日程の西に在り。其の東南に向へば、海波万頃《かいはばんけい》なり。

この詩は江戸城内にあった太田道灌の静勝軒と称する亭で詠んだものである。海に近く、展望の開けた江戸城の様子が手に取るように分かる。「万頃」は水面が広々としているさまをいう。「旅顔」は旅で疲れた顔の意、宗祇もこの江戸城で疲れを癒し、風景を楽しんだことと思われる。

それも束の間、『宗祇終焉記』はこの館で宗祇が一時危篤状態に陥り、再び回復したことを記す。そして、その小康状態の時に、鎌倉付近まで歩を進めたとある。その地で、七月二十四日から二十六日まで千句連歌が催された。七月初めに上戸、二十余日後に河越、そこで十余日、そこから江戸、鎌倉と移動してきたということで、計算すると十日ほどずれが出てくる。七月二十四日が動かせないとすると、七月初めの日付か滞在日数に誤りがあるのであろう。

それはともかく、ここで三日間、千句が興行された。第一日目に三百韻、第二日目に四百韻、第三日目に三百韻というのが一般的な千句興行の形で、この時もこのように行ったと思われる。「気力も出でくるやうにて」とあるように、かなり体力も回復したらしく、しかも、この時には「一座」つまり百韻の内に宗祇は十句、十二句も詠んだとある。

この時のことは後、文亀二年（一五〇二）九月十六日に三条西実隆にも宗祇の門弟、玄清から語られている。実隆の家集『再昌草』には次のように見える。

十六日、過《い》にし七月二十九日、宗祇法師、相模国湯本といふ所にて身まかり侍りぬる。

写真52　実田城跡

日頃させるいたはりもなく、この国の守護代上田とかやが館にて、二十四日より千句の連歌ありて、二十六日に果て侍りしかば、二十七日にかの所を立ちて、湯本の湯に入りてあがり侍る処にて、いささか虫をわづらはしくて亡くなりぬるを、桃園といふ所にて葬りぬるよし、玄清語り侍りし。年月の名残、今一度対面もなくて世を去りぬる、いふばかりなく哀れにて、よろづかきくれ侍りしに、行二法師もとより、この事

申し送りて、

聞くことの違《たが》ふも世には習ひあれば老の別れよ偽りもがな

返事

ことわりの違はぬ老の別れとも思ひなされず聞くことぞ憂き

これによればこの千句は相模国守護代、上田氏の館でのものであったという。つまり、『宗祇終焉記』で言う「鎌倉近き所」は上田氏邸ということになる。当時の相模守護代は上田正忠だと思われる。正忠は前任者、太田道灌が謀殺された後、守護代を継いだ。以後、この上田氏が代々、相模守護代に任じることになる。上田氏の居城は、現、神奈川県平塚市の実田城（真田城）（写真52）であった。大根川

の中流域で、扇谷《おうぎがやつ》上杉氏の本拠である糟屋《かすや》にほど近い。ここは相模湾沿いの道からは十六キロメートルほど内陸に入ったところである。

「鎌倉近き所」をこの実田城とみることは、既に加藤利之「宗祇終焉の旅の謎」に論があり、首肯し得ると思うが、ただ、鎌倉からの距離を考慮するとここを「鎌倉近き所」と言えるのかには疑問もある。上田氏の居館が別に鎌倉近くにもあったのであろうか。ただし、この実田城からは次の宿泊地、国府津までは楽になる。

金子は前引書で、この上田を上田蔵人政盛とし、その館を、現、横浜市神奈川区の権現山の城砦であるとするが、政盛は守護代である正忠の被官と思われ、しかもこの城砦が築かれた時は、少し遅く、永正七年（一五一〇）のことと考えられている。ましてや、ここから国府津までは、鎌倉からよりもなおさら遠く、東海道を行くとしても五十三キロメートルほどある。さらに言えば、ここを「鎌倉近き所」と言えるのかにも疑問がある。

結局は「鎌倉近き所」がどこであったか明確にしきれない点があるが、実田城の可能性が高いと考えておきたい。宗祇はここで元気に千句連歌に参加した。『宗祇終焉記』にはその中から「八十まで」と「老の波」の付句二句が前句とともに載せられている。

はじめの付句は、今日までの命だと思いながら暮らしていた頃は遠い昔になってしまった、という前句に対して、いつ八十歳になるまで生きながらえようと思ったことか、とした句である。

次の句は、旧年から新年へ年の瀬を越えていく人、つまり新しい歳を加える人がいない、という前句に対して、私の方は波のように寄せてくる年齢を何度繰り返せば人生の終わりになるのであろうか、とする。

連歌における平句は一般には実際の心情を詠むことはないが、宗長はこれらの句に宗祇の真情を読み取ったのである。

終焉

この千句の後、二日間、この上田氏の館で休養を取って、駿河へと向かう。宗祇最期の場面である。

二十七日、八日、この両日ここに休息して、二十九日に駿河国へと出で立ち侍るに、その日の午刻《うまのこく》ばかりの道の空にて、寸白《すんばく》といふ虫起こり合ひて、いかにともやる方なく、薬を用ふれどつゆ験《しるし》もなければ、いかがせむ。国府津といふ所に旅宿を求めて、一夜を明かし侍りしに、駿河の迎への馬、人、輿なども見え、素純、馬を馳せて来向はれしかば、力を得て、明くれば箱根山の麓、湯本といふ所に着きしに、道の程より少し快げにて、湯漬《ゆづけ》など食ひ、物語うちし、まどろまれぬ。おのおの心をのどめて、明日はこの山を越すべき用意せさせてうち休みしに、夜中過るほどいたく苦しげなれば、押し動かし侍れば、

「たゞ今の夢に定家卿に会ひたてまつりし」

と言ひて、

「玉の緒よ絶えなば絶えね」

といふ歌を吟ぜられしを、聞く人、

「これは式子内親王の御歌にこそ」

と思へるに、またこのたびの千句の中にありし前句にや、

「眺むる月に立ちぞ浮かるる」

といふ句を沈吟して、

「我は付けがたし、皆々付け侍れ」

など戯《たはぶ》れに言ひつつ、灯火の消ゆるやうにして息も絶えぬ于時八十二歳、文亀二夷則晦日。

誰人心地するもなく、心惑ひども思ひやるべし。かく草の枕の露を名残も、ただ旅を好める故ならし、唐の遊子とやらんも旅にして一生を暮し果てつとかや。これを道祖神となん。

旅の世にまた旅寝して草枕夢のうちにも夢をみるかな

慈鎮和尚の御詠、心あらば今夜《こよひ》ぞ思ひ得つべかりける。

「寸白」は寄生虫のことで、このために極度の腹痛に悩まされたのであろう。これが直接の死因かどうかは分からない。体力をさらに奪ったことは疑いない。しかたなく国府津に一泊することになるが、二十九日に鎌倉付近を旅立って、その日の昼頃どこまで行っていたか不明で

あるが、国府津までの半ば過ぎであれば、平塚・大磯あたりまで来ていたであろうか。

国府津は相模国の国府のための港があった所で古代から重要な地であった。現、小田原市、御殿場線の始発駅がある。酒匂川《さかわ》まで三、四キロメートルほどの所である。鎌倉からは三十五キロメートルほどもあり、この距離であればこれまでの旅程からするとかなり強行であったことになる。前述したように、「鎌倉近き所」を上田氏の居城、実田城だとするとこの半分以下の距離ということになる。

この時よりも二百二十三年前、弘安二年（一二七九）に阿仏尼が京都から鎌倉に向かってここを通っており、その記録『十六夜日記』には、
今宵は酒匂といふ所にとどまる。明日は鎌倉へ入るべしといふ也。二十九日、酒匂川を出でて、浜地をはるばると行く。明けはなるる海の上、いと細き月出でたり。

とある。酒匂川から鎌倉まで一日の行程ではあった。ただし、病人ではない。時代は違うが、街道筋の風景は同様のものであったであろう。

宗祇の様子は宗長の故郷、駿河へ刻々伝えられていたらしく、箱根の難所を越えることもあったためか、駿河から迎えがやってきた。素純は宗祇に古今伝授（受）した師、東常縁の息である。当時、今川氏親に庇護され、駿河にいた。

先述したように宗祇は常に馬に乗っていたと思われ、輿（図3）はこれまでは使われていなかったと思われる。氏親はその用意もした。ここから宗祇を輿に乗せようということである。

図3　日本絵巻大成5（中央公論社）『粉河寺縁起』中の輿の図

　そのような手厚い迎えによって、ようやく湯本（写真53）まで到着する。小田原から駿河方面に行くには、小田原の町の手前から北に向かって足柄峠を越える足柄道と、もう少し西、湯本まで行って、そこから仙石原、足柄山の南端に当たる乙女峠を行く碓氷《うすい》道、湯本から芦ノ湖の脇を抜けて三島に出る箱根道とが一般的である。宗祇らは湯本へと進んだ。前引した『十六夜日記』の記述は都からの下向の様子であり、宗祇らとは方向が逆であるが、

　二十八日、伊豆の国府を出でて
箱根路にかかる。いまだ夜深かりければ、

　玉くしげ箱根の山を急げど

もなほ明けがたき横雲の空
足柄山は道遠しとて、箱根路にかかるなりけり。

とある。

湯本は箱根山の東側の宿場であり、温泉も早くに開発されたことから、中世期からかなり栄えていた。阿仏尼よりさらに前、仁治三年（一二四二）のことになるが、『東関紀行』には、

この山をも越えおりて、湯本といふ所に泊まりたれば、深山おろし烈しくうちしぐれて、谷川みなぎりまさり、岩瀬の波高くむせぶ。

写真53　箱根湯本、須雲川、三枚橋

写真54　宗祇供養塚

と描写されている。

後にこの湯本には浄土宗真覚寺跡に早雲寺が建立され、北条早雲が埋葬された。現在、境内には後北条氏歴代の墓とともに、宗祇の供養塚（写真54）および宗祇の「世にふるもさらに時雨の宿りかな」

写真55　宗祇句碑

の句碑（写真55）がある。

国府津から湯本までは十キロメートルほどである。三十日、この湯本に到着する。この道すがら、宗祇は幾分回復したようで、付き添いの人々はみな一安心していたという。ところが、宗祇は夜中になると急に苦しみ出す。夢で藤原定家に会ったという。そして、「玉の緒よ」の和歌を口ずさんだ。回りの人々はこの歌は式子内親王の歌なのに、といぶかしがった。人々は宗祇の意識が混濁して誤ったと思ったのかも知れない。しかし、金子金治郎も『旅の詩人宗祇と箱根』の中で指摘しているように、当時、定家と内親王は恋愛関係にあったとする伝承があった。金春禅竹の謡曲『定家』はその伝説を扱った作品である。宗祇は夢の中で歌聖、藤原定家に出会い、その悲恋に思いを馳せたのではなかろうか。

さらに宗祇は鎌倉あたりで行った千句の中の句、

眺むる月に立ちぞ浮かるる

を口にし、付けるのがむずかしいと弟子たちに付句を促した。

この句は宗祇自身の作品ではないと思われるが、名月の美しさに気持ちが浮かれてくる、という内容で、風雅に生きた宗祇を象徴するかのような句と言えるものであろう。生涯、文学に生きた宗祇にふさわしい、安らかな最期であったことを暗示して、宗長は宗祇の死を伝えている。このように「草の枕の露」に名残をとどめたのも、宗祇がただただ、旅を好んだからであろうという。

「遊子」のことは、『江談抄』第六「遊子、黄帝の子たる事」などに見える伝承で、遊子は黄帝の末子であり、旅を好み、死後、旅人を守護することを誓い、道祖神となったという。慈円（慈鎮）の「旅の世に」の和歌は『千載集』に見える。「遊子」のこととこの歌の引用によって、宗長は宗祇の一生を思いやり、人生の無常を確認したのであった。

最後の旅

宗祇の旅はここで終わるかに思えるが、実は死後も続く。『宗祇終焉記』に記された宗祇の旅の最後の場面が次である。

足柄山はさらでだに越え憂き山なり。輿にかき入れて、ただある人のやうにこしらへ、跡先につきて、駿河の境、桃園《ももぞの》といふ所の山林に会下《ゑげ》あり、定輪寺《じやうりん》といふ。この寺の入相のほどに落着きぬ。ここにて一日ばかりは何かと調へて、八月三日のまだ曙に、門前の少し引き入りたる所、水流れて清し、杉あり、梅桜あり、ここにとり納めて、松を印になど、常にありしを思ひ出でて、一本を植ゑ、卵塔を立て、荒垣をして、七日がほど籠り居て、

写真56　乙女峠からの富士山

同じ国の国府《こふ》に出で侍りし。

湯本で亡くなった宗祇の遺骸を輿に乗せ、足柄山を越えたという。先述したように、足柄山越えの道は小田原から分岐する道であり、湯本まで来てしまうと行き過ぎである。「桃園」は現、裾野市の内で、御殿場線の裾野駅から近いところである。湯本から裾野に行く最短の道は芦ノ湖湖畔の箱根神社（元箱根）まで登り、芦ノ湖を半周して、湖尻峠から深良川沿いに下る道である。『旅の詩人　宗祇と箱根』によれば、箱根町立郷土資料館館長（加藤利之）はこの道を行ったと推定しているという。

しかし、「足柄山」ということを重視すれば、先にみた「お留め峠（乙女峠）」（写真56）を越える、碓氷道を行った可能性も考えるべきではないであろうか。乙女峠は金時山の肩の部分にあり、足柄山そのものではないが、足柄山塊の一部と言えるところにある。峠からは遮るものがなく富士山の見える適地である。ここを越えると現、静岡県御殿場市、そこから箱根の西側を北に下ると桃園に至る。なお、万里集九は関東下向途中に桃園から足柄山を越えて関本へ出ているが、『梅花無尽蔵』に収められた、その折の七言絶句では次のように詠んでいる。

箱根は小桃源に近しと雖も

尚《なほ》、神巫《しんぷ》の三島村を隔つ
一歩、山に臨まざるは、
恨めしきに似たり
直ちに足柄を尋ねて朝暾《てうとん》
に抃《べん》せん

「朝暾に抃」すは朝日に柏手を打つの意である。「関本」は現、南足柄郡の宿であるから、集九は一般的な足柄峠を越えたのだと思われる。『宗祇終焉記』とは相違するが、ただ、桃園から足柄へ行く道が使われていたことは分かる。

「足柄」については不明な点があるが、それはともかく、宗長らは桃園の定輪寺に遺骸を運んだ。「会下」は禅宗寺院のことである。文明十七年（一四八五）九月二十七日から二十八日まで、集九は関東下向の途次、ここに滞在しており、出立の日に住持の学甫永冨に詩を贈っている。

宗長らは入相とあるので夕刻に着いたのである。湯本を八月一日の朝出てのことで、この寺で「一日ばかりは何かと調へて」とは、二日に埋葬の準備をしたことをいうのであろう。そして、三日にこの寺の門前の道から少し離れたところ、小川が流れていて、杉・梅・桜などの生えている林の中に埋葬した。印として松を植えて、卵塔を立て、垣根を巡らしたという。

先に引いた『再昌草』の宗祇終焉に関する記事中の「桃園といふ所」云々の脇に、桂宮本では次のような傍注があり、宗祇は「天以」という号を与えられたという。

会下にてかの住持の禅師、天以と道号を付けられ侍るとなん。

宗祇の旅はここで終わった。本書ではいちいち述べなかったが、宗祇の旅は摂津・近江など京都近辺への数日の旅を含めると枚挙に遑ない。宗祇は人生の多くを旅に過ごし、そして旅に死した。それは芭蕉が『奥の細道』の序で「古人」として哀惜と敬愛の念を込めて述べたとおりである。

宗祇の墓（写真57）は現在もこの桃園の定輪寺の境内、本堂の前にある。かつては少し北の小山の麓にあったが、東名高速道路を通すために昭和四十三年（一九六八）に改葬されたという。

集九は定輪寺について、『梅花無尽蔵』中で、

山は四面を囲みて上方深し

と詠んでいる。当時は寺域全体が現在より小山に近いところにあったのかも知れない。

また、墓石も卵塔ではなく五輪塔に変わっているが、一区画を小庭のように石組みをするなどして調えてあり、手厚く葬られている。墓石の横には、

　なべて世の風ををさめよ神の春

境内には、

　世こそ秋富士は深雪の初嵐

の句碑が建てられている。前者は『三島千句』第一百韻の発句、後者は第一章関東下向の途次を考察した時に触れた、『萱草』の「秋連歌」の部に見える「東へ下りし時、駿河国にて」と詞書の添えられた発句である。

写真57　宗祇墓所、中央に五輪塔、右端に句碑

　宗祇をわざわざ桃園まで運んだ理由には、『宗祇終焉記』という紀行の構成上で言えば、越後府中を出るのに際して、宗祇が「富士をもいま一度見侍らん」と望んだこととの符合が挙げられる。ただし、実際にはこれがどれほど重大に考えられたかは分からない。そのことよりも、宗祇の葬儀を行い、埋葬するのに適切な寺院として選ばれたということも考えてみるべきであろう。定輪寺は弘法大師創建と伝

えられる古刹であり、何よりも集九が詩を贈るような禅僧のいる寺であった。

また、この寺は今川氏歴代から寺領を安堵されるなど保護されており、今川氏に仕えていた宗長は駿河国に埋葬することを願ったのではなかろうか。それでなくとも関東はますます戦乱のちまたと化しつつあった。箱根を越えれば、美濃さらには都まで一続きという思いもあったのかも知れない。

宗祇死後

宗祇の旅は終わったが、宗長らの旅の方はこの後、駿河国の自庵まで続く。『宗祇終焉記』には埋葬の後のこととして次のように記されている。

道の程、誰も彼ももの悲しく、ありし山路の憂かりしも、泣きみ笑ひみ語らひて、清見が関に十一日に着きぬ。夜もすがら磯の月を見て、

もろともに今夜《こよひ》清見が磯ならばと思ふに月も袖濡らすらん

かくて国府《こふ》に至りぬ。我が草庵にして、宗碩・水本、

「あはれ、これまでせめて」

などうち歎くほかの事なし。

清見が関には八月十一日に着いた。清見が関は宗祇との思い出の場所であった。第一章で若き宗長と宗祇の出会いのことは述べた。宗長は宗祇と一緒に月を見ることができたらと思うと、

涙で袖が濡れることだと歌に詠んだ。望月には早いが宗祇と共に十五夜の月を愛でたことを思い起こしたことと思われる。

清見が関から駿河国府までは半日余の距離である。十二日の昼過ぎには自庵に着いたことであろう。宗長の庵は現、静岡市駿河町、常磐町の辺りにあったらしい。

さらに以下には後日談というべき記載がある。それらを引くことは省略するが、今川氏親《うじちか》との追善の連歌のこと、宗長と宗碩が「ありし山路の朝露を」思い起こしながら「宵居のたびたびに」詠んだ百韻のこと、しばらく別れていた素純との再会、宗祇を偲んで歌を詠み合ったことなどが書きとどめられている。

この後日談の中に、

東野州《とうのやしう》に古今集伝受、聞書并《なら》びに切紙《きりがみ》等、残るところなく、この度《たび》、今際《いまは》の折に、素純口伝付属ありし事なるべし。

との記載がある。宗祇が東野州（東下野守常縁《つねより》）から伝授（受）されていた『古今集』講義の聞書や秘伝を書いた「切紙」などを、すべて宗祇は死に際して素純に伝えたというのである。素純は常縁の子であり、宗祇は師の常縁の恩義からそうしたのであろう。

素純は宗祇の急を聞いて、箱根湯本へ馬で駆けつけたことは先に述べた。それをこのためにとすると世知辛いが、駆けつけてくれた素純に感謝して、とすれば、宗祇の心が分かる気がする。

続いて、『宗祇終焉記』には宗祇の死が兼載の耳に達したことが記されている。兼載も旅に人生を送った連歌師であった。第五章で触れたように、宗祇との確執があったかにも伝えられているが、その死を聞いて兼載は当時、庵を結んでいた現、福島県いわき市から終焉地に駆けつけ、宗祇を悼む長歌を詠んでいる。当時、五十一歳であった。その部分を引いておきたい。

この頃、兼載は白河の関近きあたり、岩城とやらんいふ所に草庵を結びて、程も遙かなれば、風のつてに聞きて、せめて終焉の地をだに尋ね見侍らんとや、相模の国、湯本まで来りて、文に添へて書き送られし長歌、この奥に書き加ふるなるべし。

末の露　もとの雫の　ことわりは　おほかたの世の　ためしにて　近き別れの　悲しびは　身に限るかと　思ほゆる　馴れし初めの　年月は　三十《みそぢ》あまりに　なりにけんそのいにしへの　心ざし　大原山に　焼く炭の　煙に添ひて　昇るとも　惜しまれぬべき　命かは　同じ東《あづま》の　旅ながら　境遙かに　隔つれば　便りの風も　ありありと黄楊《つげ》の枕の　夜の夢　驚きあへず　思ひ立ち　野山をしのぎ　露消えし　跡をだにとて　尋ねつつ　こと問ふ山は　松風の　答ばかりぞ　甲斐なかりける

反歌、

後るると歎くもはかな幾世しも嵐の跡の露の憂き身を

長歌の大意は、死は避けられないものであるが、宗祇と死別した悲しみは耐え難いものである。宗祇との交流は三十年余りにも及んだ。その折の私に対する心ざしを考えると、惜しむに惜しむことのできない思いがする。同じ関東の内とは言いながら、箱根とは遙かに遠いところに今、住んでいるが、その死のことは私のところにも伝えられた。驚きのあまりに、野山を越えて、亡くなった跡を訪ねてここまでやってきた。宗祇に呼びかけるが、答えてくれるのは松風ばかりである、というものである。宗祇を失ったことへの兼載の歎きが切々と詠まれている。この作品は後に兼載の家集『閑塵集《かんじんしゅう》』に収められたが、その詞書には、この時に、経を書いて持参したとある。この兼載の長歌をもって『宗祇終焉記』は閉じられている。

次は奥書である。

この一巻は、水本与五郎上洛の時、自然斎知音《ちいん》の、今、京都にて、いかにと問はるる返しのために書写するものなり。

「自然斎」は宗祇のこと、「知音」は知り合い、の意である。宗祇の徒者であった水本与五郎が上洛すると宗祇の知り合いが宗祇はどうしたのかと尋ねるであろうから、その応答のために書いたという。

題を『宗祇臨終記』としている内閣文庫本では、この奥書の後ろに、事情説明を付けた次のような三条西実隆の宗長（柴屋）宛書状を載せる。

三条西殿時に大納言、宗祇老人、古今・伊勢物語・源氏等御伝受ありしかば、異《こと》の他《ほか》、思《おぼ》し召す上、いづれも残る所侍らざりけるなるべし。都への望みも今一度《ひとたび》、彼の御ゆかしくのみなりしかば、沈《ぢん》入れられし箱など遺物として上《のぼ》せ参らせ侍りし。その御返事、臘月《らふげつ》末に下着す。仍てこの奥に写しとどむるものなり。

去る月五日、与五郎来たり候。大底《たいてい》物語候へども候、殊更《ことさら》委細芳札にて、且つ朦々を散じ畢んぬ。当年は必ず彼上洛し入れられ候処、此《かく》の如く帰泉の条、老体存内の事に候と雖も、さりとも今一度向顔《かうがん》も候べきやうに月日の過ぎ行き候をも、上の空にのみ数へ来たり候ひつるに、粗《ほぼ》、風聞候ひしかども、隔境《かくきやう》の事に候間、虚説にても候へかしなど、念願候ひつるに、巨細の芳書どもに弥《いよいよ》愁涙を催し候。近日、宗碩上洛。その際《きは》の事ども演説候にも、寂滅為楽の理、心易く候。ただ数年随逐《ずいちく》、折節の高恩ども、内外に就き、忘れ難く候ひて、時々刻々丹心を砕くばかりに候。併《しかしながら》、賢察に任せ候。先々、手箱送り給ひ候。封を開き候にも、昔にかはらぬ判形など、くさぐさの名香ども候。誠に永き世の形見と覚え候ながら、

魂を返す道なき箱根山残る形見の煙だに憂し

と、覚え候ままにて候。また金三両送り給ひ候。これ過分至極に候。我が身こそ千々《ちぢ》の金《こがね》を報いても思ふに余る人の恵みをありがたく候。自他今に於いては在世の名残にも相構へて等閑《なほざり》無し。弥《いよいよ》心中を申し通すべく候。

久しく病気散々《さんざん》しく候。仍て凍筆殊に正体無く、巨細に及ばず候。万端後伝を期する

なり。

恐々敬白

十二月七日　　　聴雪

柴屋参る

宗祇から『古今集』『伊勢物語』『源氏物語』などの教えを最後であるかのように伝授されたので、宗祇のことをことのほか心配していた、という三条西実隆に対して、宗祇は今一度、都へと思っていたようであるがそれは希望だけに終わってしまった。そこで、形見にと「沈香」を入れた箱を実隆に遺品として送ったところ、その返事が十二月末に届いた。それを次に載せる、という宗長の説明書きが前にある。実隆の書状の大意は次のようである。

与五郎が来て、最期の様子を語ってくれてよく分かった。宗祇は今年は必ず都へ戻ると言っていたのに亡くなってしまった。風聞で宗祇の最期を聞いてはいたが、細かく聞くとますます涙がこぼれてくる。近頃、宗碩もやってきて宗祇のことを語り合った。長年、宗祇には恩を受けた。あれこれ忘れがたいことであることを察してくれ。先日は手箱を送ってくれたが、蓋を開くとさまざまな名香が入っている。形見として大事にしたい。しかし、それによって魂を呼び戻すことはできず、荼毘の煙を思うとつらいことである。また、金三両を送ってもくれた。自分の方こそ数千の黄金で報わねばならないのに、思いにあまる恵みである。

病気で筆跡がつたなく申し訳ないという結びの後の「聴雪」という差出人は実隆の号、宛先の「柴屋」は宗長のことである。

実隆は『実隆公記』九月十六日の条によれば、すでに次のように玄清から宗祇死去の報告を受けている。

玄清来たる。宗祇法師、去る七月二十九日相模国に於いて入滅の由相語る。驚歎取るに物無き喩《たとへ》、周章比類無きものなり。

「驚嘆」「周章」すること例のないほどであったという。先に引用したように家集『再昌草』には、この時の報告に関してもう少し詳しく記されている。これが最初の連絡であったらしい。その後、十一月五日に、宗祇のそばに付き添っていた水本与五郎が詳細に報告した。これについては『再昌草』に次のようにある。

十一月五日、宗祇法師に従へる水本与五郎といふ者まかり上りて、彼の終はりのさまなど申し侍るよし、玄清語り出して

覚めぬやと思ひしものを覚めやらで夢を夢とも今日ぞ驚く

と申し侍りしかば、次の日申し遣はし侍りし

その際《きは》を昨日の夢に驚きて今ぞまことの音《ね》は泣かれける

宗長方より、詳しくその際の事など書きのぼせて、彼の与五郎も来たりて色々語り侍るに、哀れ少なからず、形見とて、沈の手箱送り賜《た》び侍るを見て

魂を返す道なき箱根山残す形見の煙だに憂し

また、金を遣《おこ》せたれば
我が身こそ千々の金を報いても思ふに余る人の恵みを
十二日七日、此の歌、宗長もとに書き遣はし了んぬ。
六日七日両日、独吟連歌、法文を以て句首に置き、宗祇法師追善の為に見し《本ノママ》。別にこれを注す。

ここには先の実隆の書状の冒頭に記されている水本からの報告のこと、宗長から形見の手箱を贈って貰ったことなどが記されている。

さらに、この『再昌草』によれば、十二月に法文連歌を詠んだことが書かれているが、他の箇所には、蒲生智閑が宗祇のことを話したこと、九月二十九日には月忌として『金剛経』の六喩に因んだ和歌を詠んだことなども見える。

その後も『再昌草』には追善の連歌・和歌など忌日などに行った記録があるが、ここでは『実隆公記』文亀三年（一五〇三）七月二十三日の条に見える宗祇一回忌追善連歌興行の記録を挙げておきたい。

早朝より連歌張行。玄清・宗碩・慶千世執筆。ただ三人。宗祇一回追善の為、沈吟を凝らすの処、人々また晩及び不慮に来会。一両句結縁人々これ在り。これまたその興と謂ふべき哉《や》。玄清・宗碩各一壷これを携ふ。（略）
賦何木

一年《ひととせ》はいつ見し夢ぞ荻の声　実隆
霞める月もはや秋の空　玄清
村雨のいざよふ夜更け虫鳴きて　宗碩
袖に覚ゆる風の涼しさ　慶千世

美濃国苧《を》公《く》事《じ》三百疋到来。

『再昌草』によれば二十六日には追善五十首歌を詠んだという。これらには実隆の宗祇に対する親愛の心情が見て取れると言えるが、『実隆公記』の記事の最後に「苧」に関わる「公事」、つまり権利金三百疋のことが書き添えられていることには、現代の感覚では皮肉が感じ取れる。結局、実隆にとって宗祇は世事の関わりをもっても有能な人材であったことを暗示しているような気がする。

宗長は幾度か言及しているように、宗祇没の七年後、永正六年（一五〇九）、関東を旅する。訪れた関東の各地また武将たちは、宗祇と縁の深い土地、人々であった。おのずから宗長の胸には宗祇のことが去来したことと思われる。殊に伊香保・草津のくだりでは、周防国に同行したことも含めて宗祇の名を出して回顧している。

この箇所には時雨を詠み込んだ句が二句差し挟まれている。

宿れとて時雨し秋の夕日かな
送り来てとふ宿過ぐる時雨かな

宗祇がはじめて関東から信濃を廻った時の句、後世まで宗祇の人生と重ね合わされて読まれてきた時雨の句、

世にふるもさらに時雨の宿りかな

がこれらには意識されていたことと思われる。

この宗祇の句はさらに後の時代、芭蕉に強く影響を与えた。『虚栗《みなしぐり》』には次の発句が前書を付して載せられている。

手づから雨のわび笠を張りて
世にふるもさらに宗祇の宿りかな

芭蕉は宗祇の人生を追うように旅に生涯を送って、旅に死に、そして同じように山越えをして希望の地に埋葬された。宗祇は輿に揺られて箱根山を越えて富士の見える所に、大坂で亡くなった芭蕉は長櫃に納められて伏見を抜け逢坂山を越えて、琵琶湖の湖畔、大津に手厚く葬られたのである。

参考文献

・著者名または書名などによって五十音順に並べた。
・必要に応じて引用した作品を下に注記した。

赤沢計真『越後上杉氏の研究』（高志書院・1999年5月）
青山宏夫「居多神社四至絵図とその周辺の歴史地理学的諸問題」（「新潟史学」26・1991年5月）
伊地知鉄男『宗祇』（青梧堂・1943年8月、『伊地知鉄男著作集Ⅰ』所収）
「中世擬古物語と連歌関係資料」（「中世文学」10・1965年5月、『伊地知鉄男著作集Ⅰ』所収）
市木武雄『梅花無尽蔵注釈』（続群書類従完成会・1993年3月～1998年10月）
稲田利徳「資料考証の陶酔と覚醒―宗祇勧進「安養院追善一品経和歌」をめぐって―」（「和歌史研究会会報」53・1975年12月）
井上鋭夫『上杉謙信』（新人物往来社・1983年7月）
井上宗雄『中世歌壇史の研究　室町前期』（明治書院・改訂新版1991年3月）
『中世歌壇史の研究　室町後期』（風間書房・改訂版1984年6月）
『越佐史料』（名著出版・1971年）
江藤保定「宗祇連歌作品拾遺」（「鶴見女子大学紀要」9・1971年12月）
大取一馬「宗祇の詞字注とその成立時期について」（「中世文芸論稿」2・1976年4月）
奥田勲『宗祇（人物叢書）』（吉川弘文館・1998年12月）
小野晃嗣「三条西家と越後青苧座の活動」（「歴史地理」63―2・1934年2月）
角川日本地名大辞典『愛知県』『石川県』『神奈川県』『岐阜県』『京都府』『群馬県』『埼玉県』『滋賀県』

『静岡県』『東京都』『富山県』『新潟県』『福井県』（角川書店）

片桐洋一『伊勢物語の研究　資料編』（明治書院・１９６９年１月）―伊勢物語宗長聞書

勝守すみ『長尾氏の研究』（名著出版・１９７８年９月）

『桂宮本叢書13』（養徳社・１９５４年２月）―再昌草

加藤利之「宗祇終焉の旅の謎「鎌倉近き所」とは？」（「神静民報」２０１０年９月13日）

金子金治郎『新撰菟玖波集の研究』（風間書房・１９６９年４月）

『宗祇旅の記私注』（桜楓社・１９７０年９月）

『連歌師兼載伝考』（桜楓社・新版１９７７年１月）

『連歌古注釈集』（角川書店・１９７９年２月）

『旅の詩人　宗祇と箱根（箱根叢書）』（神奈川新聞社・１９９３年１月）

「宗祇越路の旅を考える」（「文学・語学」154・１９９７年３月）

貴重古典籍叢刊『宗祇句集』（角川書店・１９７７年３月）―萱草・老葉（初編本）・老葉（再編本）・下草・宇良葉

木藤才蔵『連歌史論考　上、下』（明治書院・増補改訂版１９９３年５月）

『群馬県史　通史編、資料編』―松陰私語

『群馬県史料集　第六巻　日記編Ⅱ』（群馬県文化事業振興会・１９７１年３月）

『国史大辞典』（吉川弘文館）

『国書人名辞典』（岩波書店）

古典文庫『壁草』（１９７９年11月）

古典文庫『下草』（１９７８年12月）
『埼玉県史　通史編、資料編』
斎藤慎一『中世を道から読む』（講談社現代新書・２０１０年２月）
桜井英治『室町人の精神』（講談社学術文庫・２００９年７月）
『実隆公記』（続群書類従完成会）
『信濃史料』（同刊行会）
島津忠夫『連歌師宗祇』（岩波書店・１９９１年８月）
『上越市史　通史編、史料編』
『書の日本史』第四巻（平凡社・１９７５年５月）
白井忠功『中世の紀行文学』（文化書房博文社・１９７６年７月）――善光寺紀行
『史料綜覧』（東京大学出版会）
新城常三『戦国時代の交通』（畝傍書房・１９４４年９月）
新日本古典文学大系『中世日記紀行集』（岩波書店・１９９０年10月）――十六夜日記・東関紀行・藤河の記・
　北国紀行・宗祇終焉記
新編日本古典文学全集『中世日記紀行集』（小学館・１９９４年７月）
『戦国人名辞典』（吉川弘文館・２００６年１月）
『宗長日記（岩波文庫）』（岩波書店・１９７５年４月）――宗長手記
増補史料大成『大乗院寺社雑事記』（臨川書店）
増補史料大成『親長卿記』（臨川書店）

続史料大成『後法興院記』（臨川書店）
続史料大成『『親元卿記』（臨川書店）
『続群書類従17下』―園塵
『続々群書類従9』―道すがらの記
『大日本史料』（東京大学出版会）
竹田和夫「中世後期越後青苧座についての再検討―本座・新座関係及び商人衆を中心に―」（「新潟史学」20・1987年10月）
武部弥十武「宗祇と越中」（「富山大学国語教育」25・2000年11月）
棚町知弥「松梅院禅予日記抄」（「有明工業高等専門学校紀要」8・1971年12月）
『中世日記紀行文学全評釈集成第七巻』（勉誠出版・2004年12月）―廻国雑記・東路のつと
中世の文学『連歌論集一』（三弥井書店・1972年4月）―連珠合璧集
中世の文学『連歌論集二』（三弥井書店・1982年11月）―宗祇袖下・初学用捨抄
『嬬恋村誌』
『特別展図録　日本の書』（東京国立博物館・1980年3月）
図書寮叢刊『晴富宿祢記』
『栃木県史　通史編、資料編』
『富山県史　通史編』
中島圭一「三条西家と苧商売役」（「遥かなる中世」12・1992年12月）
『長野県史　通史編、資料編』

『長野原町誌』
中林円「宗祇諸像小録」(「大阪俳文学会会報」29・1995年10月)
『新潟県史　通史編、資料編』
日本古典文学全集『連歌論集　能楽論集　俳論集』(小学館・1973年7月)―僻連抄
日本歴史地名大系『愛知県の地名』『石川県の地名』『神奈川県の地名』『岐阜県の地名』『京都府の地名』『群馬県の地名』『埼玉県の地名』『滋賀県の地名』『静岡県の地名』『東京都の地名』『富山県の地名』『新潟県の地名』『福井県の地名』(平凡社)
『俳文学大辞典』(角川書店・1995年10月)
芳賀善次郎『旧鎌倉街道　探索の旅　上道編・中道編・下道編』(さきたま出版社・1978年10月・1981年1月・1982年2月)
花ヶ前盛明『越後上杉一族』(新人物往来社・2005年9月)
隼田嘉彦・松浦義則『加賀・越前と美濃街道(街道の日本史28)』(吉川弘文館・2004年5月)
美才治勤『上州大笹村　宿場と関所』(私家版・2009年)
廣木一人「連歌発句で当季を詠むということ―十二月題という当座性」(「青山語文」39・2009年3月)
「連歌師の一面―芋公事と宗碩・宗坡・周桂・宗仲など」(「文学」12―4・2011年7月8月合併号)
深井甚三『越中・能登と北陸街道(街道の日本史27)』(吉川弘文館・2002年2月)
『福井県史　通史編、資料編』
福田秀一・プチャウ　ヘルベルト『日本紀行文学便覧』(武蔵野書院・1975年10月)

藤井譲治『近江・若狭と湖の道（街道の日本史31）』（吉川弘文館・２００３年１月）
古川貞雄・花ヶ前盛明『北国街道（街道の日本史25）』（吉川弘文館・２００３年４月）
峰岸純夫『中世の合戦と城郭』（高志書院・２００９年５月）
　「鎌倉街道上道―「宴曲抄」を中心に―」（「多摩のあゆみ」92・１９９８年11月）
三輪正胤「中世古今伝授史の一側面―「おがたまのき」をめぐって―」（『語文叢誌』１９８１年３月）
両角倉一「宗祇年譜考」（「山梨県立女子短期大学紀要」15・１９８２年３月）
　「宗祇の東国下向（その一）」（「山梨女子県立短期大学紀要」14・１９８１年３月）
山田邦明『戦国のコミュニケーション』（吉川弘文館・２００２年１月）
山田忠雄『中山道（街道の日本史17）』（吉川弘文館・２００１年11月）
山本啓介「中世における和歌と蹴鞠―伝授書と作法―」（「中世文学」56・２０１１年６月）
米原正義『戦国武士と文芸の研究』（桜楓社・１９７６年10月）
冷泉家時雨亭叢書『為広下向記』（朝日新聞社・２００１年12月）
『歴史の道調査報告書Ⅴ―大笹道―』（長野県教育委員会・１９８０年３月）
『歴史の道調査報告書第十五集』（群馬県教育委員会・１９８３年３月）
『連歌貴重文献集成３』（勉誠社・１９８１年10月）―広幢句集
『連歌辞典』（東京堂出版・２０１０年３月）
『和歌文学大辞典』（明治書院・１９８６年３月）
脇田晴子『日本中世商業発達史の研究』（御茶の水書房・１９６９年３月）
和歌文学大系『草根集　権大僧都心敬集　再昌』（明治書院・２００５年４月）―再昌草

おわりに

長い宗祇の旅を追ってきて、二つのことを思った。一つは宗祇の句碑がほとんどないなどを含め、宗祇の記憶が現代社会にほとんど残っていないこと、もう一つは旅をすることが歴史を追うことであったということである。

本書を書くにあたって、中部・関東を回ってみた。車での移動が主であったが、それでも宗祇の行動範囲の広いことを改めて感じた。滋賀・福井・石川・富山・新潟・群馬・埼玉・東京・神奈川・静岡・愛知・岐阜の外周を回るだけでも二千キロメートルほどになる。直江津から長野を抜けて高崎へ抜ける道などを加えればさらに数百キロメートルは増える。しかも、これは越後府中を目指した旅で通過した道だけである。生涯に宗祇が旅した距離はこの何倍かになる。数十倍になるかも知れない。日数はどれほどになるであろうか。

宗祇が旅の人であったことは比喩ではない。まさしく人生を旅に過ごした。実際の旅の距離・日数で言えば、「日々旅にして旅を栖とす」（『奥の細道』）との思いを持っていたという芭蕉など比べものにならない。文学者としての知名度はどうかというと、宗祇は中世後半期の最大の著名人と言ってよい。その後世に残した影響力は深く、少なくとも近世初期まで、その名は庶民にいたるまで広く知られていた。それは近世初期の『醒睡笑』中の宗祇説話の豊富さや『宗祇諸国物語』の書名を見ても分かることである。

それにも関わらず、宗祇の足跡は、現在ほとんど残されていない。二千数百キロメートル、宗祇の足跡を追って感じた感想である。皮肉なことに宗祇の足跡を追って目にしたのは芭蕉の句碑であった。これは至る所にある。芭蕉が訪れたことがない場所にもである。原因はどこにあるかはここでは詮索しないことにするが、もしかするとこのことを宗祇に憧れた芭蕉も残念に思うかも知れないし、人の世などはこのようなものだと達観するかも知れない。

宗祇の生きた時代は激動の時代であった。日本の歴史上、もっとも大きく世の中が動いた時代であったと言ってよい。しかも、全国的にである。宗祇の旅の道は歴史に翻弄された道であった。宗祇の旅が本人の意志のいかんに関わらず、政治的な色合いを持たざるを得なかったのは当然のことであった。したがって、その道を追跡することは歴史を旅することでもあった。本書を書いている最中、また道を辿っている最中、常にそのことが頭を離れなかった。もしかすると芭蕉の旅との最大の相異点はそこにあるのかも知れないし、芭蕉の旅とは違う宗祇の旅の魅力もそこにあるかも知れないと思った。

もう一点だけ感想を述べさせていただくと、全国至る所で道路工事が行われていた。高速道路やバイパスもであるが、特に山間部が気になった。車での移動は宗祇の時代の道そのものを辿っているのではないが、それでも曲がりくねって峠を越える道は旧道を想像させるのに充分であった。その曲がった道を今、トンネルを作り、山を削り、もしくは山から巨大な桟道を張り出してまでまっすぐにしている。こうなってしまうとどうしてあちらではなくこちらの道を昔の人が通ったのか、どうしてこのような今は寂れてしまったところに集落があるのかまったく分からなくなる。一例を挙げれば、北陸の不親知はバイパスや高速道路が開通したために、現在その地名の意味を失っているのである。宗祇の道は歴史の道であると述べたが、それが急速に辿れなくなっている。致し方ない面があることは分かるが、早く出かけていかなくてはならないとの焦躁の念にもかられる。

本書の刊行に際しては三弥井書店、吉田智恵氏・中村千晶氏に世話になった。特に、地図・写真などの処理は面倒の多かったことと思う。御礼申し上げたい。

（二〇一〇年端午に）

宗祇略年譜

年号（西暦）	月日	年齢	事　項
応永二八年（一四二一）		一歳	近江国湖東（現、滋賀県）に生まれる。幼時に相国寺（京都市上京区）に入る。
文安　五年（一四四八）		二八歳	宗長生。
享徳　元年（一四五二）		三二歳	この頃から宗砌に師事、専門連歌師への道に進む。兼載生。
康正　元年（一四五五）	一月一六日	三五歳	宗砌没（七〇歳前後）。宗砌没後、専順に師事。
長禄　元年（一四五七）	八月一三日	三七歳	三条西実隆生。現存中、最初の参加連歌作品。
寛正　五年（一四六四）	三月	四四歳	心敬が中心となった「熊野千句」に参加。
寛正　六年（一四六五）	七月　八日	四五歳	尭恵、越後府中（現、新潟県上越市）着。
文正　元年（一四六六）	二月	四六歳	行助、東国下向か。

	六月頃		関東に向け離京。
	一〇月		五十子陣（現、埼玉県本庄市）で長尾孫六に『長六文』を贈る。
応仁 元年（一四六七）	一月 一日	四七歳	品川（現、東京都品川区）の鈴木長敏邸で独吟「名所百韻」。
	三月		上野国白井城（現、群馬県渋川市）で長尾景春に『吾妻問答』を贈る。
	四月二八日		心敬、離京。伊勢から船で五月中に品川着。鈴木長敏に迎えられる。
	夏		越後下向（第一回）。初冬、信濃（現、長野県）を経て関東に戻る。
応仁 二年（一四六八）	春	四八歳	鎌倉遊歴。
	夏		品川で心敬と同座。その後、幾度か心敬と同座する。
	秋・冬		白河（現、福島県白河市）遊歴。『白河紀行』を著す。
文明 元年（一四六九）	二月	四九歳	伊勢に赴く。初秋には奈良を巡り、再び関

			東へ戻る。
	三月二四日		行助没（六五歳）。
文明二年（一四七〇）	一月一〇日	五〇歳	河越城（現、東京都川越市）で「河越千句」（一一日まで）。
文明三年（一四七一）	一月二八日	五一歳	伊豆国三島（現、静岡市三島市）で東常縁から『古今集』の講釈を受ける（四月八日まで）。
	二月二六日		独吟『三島千句』（二六日まで）。
	六月一二日		再度、東常縁から『古今集』の講釈を受ける（七月二五日まで）。
	八月一五日		東常縁から古今伝授（受）の奥書を与えられる。
文明四年（一四七二）	晩秋	五二歳	関東を離れ、都へ向かう。
	一〇月二六日		美濃国革手（現、岐阜県岐阜市）の正法寺で、下向中の道興・専順らと一座。
	一二月一六日		美濃国革手城で「美濃千句」（二一日まで）。
文明五年（一四七三）	春	五三歳	美濃国郡上（現、岐阜県郡上市）で連歌。

	四月一八日		古今伝授（受）の最終奥書を東常縁から与えられる。
	六月二三日		長尾景信没（六一歳）。
	秋		帰京。
文明　六年（一四七四）	二月（以前）	五四歳	『萱草』成立。
文明　七年（一四七五）	四月一六日	五五歳	心敬、相模国大山山麓石蔵（現、神奈川県伊勢原市）で没す（七〇歳）。
文明　八年（一四七六）	三月二〇日	五六歳	専順、美濃国で没す（六六歳）。
	四月二三日		種玉庵落成（京都市上京区）。
	五月二三日		『竹林抄』成立。
文明一〇年（一四七八）	三月下旬	五八歳	越後下向（第二回目）。
	一二月二五日		種玉庵焼失。後、再建。
文明一一年（一四七九）	三月頃	五九歳	越前国一乗谷（現、福井県福井市）で朝倉孝景に『老のすさみ』を贈る。
	閏九月初		帰京。
文明一二年（一四八〇）	二月二一日	六〇歳	斎藤妙椿没（七一歳）。
	五月上旬		周防国（現、山口県）に出立。

	九月		九州に下向。
	一〇月一二日		周防に帰着。『筑紫道記』を著す。
文明一三年（一四八一）	四月　二日	六一歳	一条兼良没（八〇歳）。
	四月下旬		帰京。
	冬		初編本『老葉』成立。
文明一五年（一四八三）	夏	六三歳	関東を経て、越後下向（第三回目）。
文明一六年（一四八四）	九月	六四歳	帰京。
文明一七年（一四八五）	八月上旬	六五歳	再編本『老葉』成立。
文明一八年（一四八六）	六月一三日	六六歳	尭恵、越後府中着（『北国紀行』）。
	七月一五日		道興、越後府中着（『廻国雑記』）。
	七月二六日		太田道灌没（五五歳）。
	七月か八月		越前一乗谷下向（九月一四日帰京）。
	初冬		飛鳥井雅康、越後府中着。
長享　二年（一四八八）	一月二二日	六八歳	「水無瀬三吟」（宗祇・肖柏・宗長）成立。
	三月二四日		上杉定昌、上野国白井城で没す。
	三月二八日		北野天満宮連歌会所奉行・宗匠に就任。
	五月　九日		越後下向（第四回目）。

	九月三〇日		帰京。
	一〇月一一日		万里集九、越後府中着（『梅花無尽蔵』）。
延徳　元年（一四八九）	三月二六日	六九歳	足利義尚没（二五歳）。
	三月二九日		周防下向。
	九月中旬		帰京。
	一二月　一日		奉行・宗匠職辞意。後任は兼載。
延徳　三年（一四九一）	春以前	七一歳	『下草』草案本成立。
	三月一九日		細川政元・冷泉為広、越後府中着（『為広越後下向日記』）。
	五月　二日		越後下向（第五回目）。
	一〇月　三日		帰京。
	一〇月二〇日		「湯山三吟」（宗祇・肖柏・宗長）
明応　元年（一四九二）		七二歳	『下草』初編本成立。
明応　二年（一四九三）	四月	七三歳	『下草』成立。
	閏四月　五日		越後下向（第六回目）。
	七月一〇日		飛鳥井雅康、越後下向。
明応　三年（一四九四）	三月	七四歳	帰京。

	四月一八日		東常縁没（九四歳）。
	一〇月一七日		上杉房定没（年齢未詳）。
明応　四年（一四九五）	九月一八日	七五歳	大内政弘没（五〇歳）。
	九月二六日		『新撰菟玖波集』奏覧、二九日、勅撰に准じられる。
明応　五年（一四九六）	二月一五日	七六歳	三条西実隆に古今伝授（受）。
明応　六年（一四九七）	五月　一日	七七歳	越後下向（第七回目）。
	九月　四日		帰京。
明応　七年（一四九八）	二月　五日	七八歳	近衛尚通に古今伝授（受）。
	夏		兼載、越後を経て関東へ下向。
明応　九年（一五〇〇）	七月以前	八〇歳	『宇良葉』成立。
	七月一七日		越後下向（第八回目）。
	七月二八日		種玉庵焼失。後再建。
	九月		越後府中着。
文亀　元年（一五〇一）	三月	八一歳	兼載、関東下向。
	六月頃		宗碩、越後府中着。
	九月　一日		宗長、越後府中着。

文亀　二年（一五〇二）	三月	八二歳	越後府中を去る。宗長・宗碩・宗坡・水本与五郎が同行。
	四月二五日		上野国伊香保温泉（現、群馬県渋川市）で「伊香保三吟」（宗祇・宗碩・宗坡）、現存最後の百韻。
	七月二四日		上田館（現、神奈川県）で最後となった千句連歌参加（二六日まで）。
	七月二九日		東素純、相模国国府津（小田原市）の宿泊所に駆けつける。
	七月三〇日		相模国箱根湯本（現、神奈川県箱根町）着。素純に古今伝授（受）。夜半過ぎ没する。
	八月　三日		遺骸は箱根山を越えた桃園（現、静岡県裾野市）の定輪寺に埋葬される。
	八月一五日		兼載、箱根湯本を訪れ、追悼歌を詠む。

和歌・連歌初句索引（配列は現代表記による）

著者略歴

廣木一人（ひろき・かずひと）

1948年、神奈川生。青山学院大学大学院文学研究科日本文学日本語博士課程退学。青山学院大学教授。

主要著書『連歌入門』（三弥井書店）『歌論歌学集成　第十一巻』（三弥井書店、共編）、『新撰菟玖波集全釈　第一巻～第九巻』（三弥井書店、共編）、『連歌史試論』（新典社）、『連歌の心と会席』（風間書房）、『文芸会席作法書集』（風間書房、共編）、『連歌事典』（東京堂出版）など

シリーズ 日本の旅人（監修　石井正己・錦　仁）
連歌師という旅人—宗祇越後府中への旅

平成24年11月15日　初版発行

定価はカバーに表示してあります。

発行者　吉 田 栄 治
発行所　株式会社 三 弥 井 書 店
〒108—0073東京都港区三田３—２—39
電話03—3452—8069
振替00190—８—21125

ISBN978-4-8382-3240-6 C0039　整版・印刷　富士リプロ（株）